와, 엄마의 산타는 여러 명이구나!
이 산타들은 엄마의 가게에서 소박한 음식을 나눠 먹으며
자신과 이웃의 불행에 대해 위로를 나누던 이들이다.

산타가
쉬는 집

이정임 산문

우리 모두가 누군가의 산타

크리스마스 선물을 받아본 적이 없는 나로서는 '산타'는 외국, 특히 서양에만 존재하는 것이라 생각했다. 그럼에도 불구하고 크리스마스 아침에는 머리맡을 살피곤 했는데 아무것도 없는 것을 보고 '그럼 그렇지.' 체념했다. 크리스마스는 그저 온종일 텔레비전을 볼 수 있는 날, 특선 만화를 많이 볼 수 있는 날이었다.

1990년대 초반 초등학교, 아니 '국민학교' 저학년 시절 크리스마스 이브였을 것이다. 그날 텔레비전에는 눈 내리는 마을을 배경으로 한 크리스마스 특집 만화영화를 방영하고 있었다. 그 만화를 다 보지도 못하고 부모를 따라나선 그 겨울밤. 이불장 구석에 오랜 시간 처박힌 '돕바'를 꺼내 입고 가는 길. 세상은 온통 나프탈렌 냄새로 가득 차 있고 어른들은 아이인 우리만큼이나 신이 나 있었다.

동네 어른들은 그들만의 크리스마스 파티를 위해 시내의 한 나이트클럽을 찾았다. 그들의 자녀를 대동한 채였다. 산동네 초입의 쪽방에 사는 '나비 삼촌'이 일하는 곳이었다. 나비 삼촌은 하얗고 고운 얼굴과 당시 유행하던 '멀렛' 헤어스타일을 가진 젊은이로, 쇼를 하는 사람이었는지 웨이터를 하는 사람이었는지는 가물가물하다.

　다 같이 저녁 외식을 하고 들어선 나이트클럽은 컴컴한데 반짝거리는, 한마디로 희한한 곳이었다. 그날의 어른들은 평소와 달랐다. 비싸서 먹어볼 생각 한번 안 했던 과자, 아이스크림을 아이들 손에 하나씩 쥐여주었다. 그리고 사람들이 넘쳐나는 홀에 나가 춤을 췄다. 아이들은 각각 자신의 부모가 어디쯤에서 몸을 흔드는 것인지 확인하려고 목이 빠져라 머리를 들었고, 술 마시고 고스톱을 치는 것이 놀이의 전부였던 '제대로 놀아본 적 없는' 어른들은 어설픈 춤을 추느라 사지를 허우적거렸다. 아이들은 대체로 얌전했고, 아이들이 있어서 술 마시기를 자제하던 어른들은 취하지도 않았는데 과하게 웃고 움직였다.

　나는 노랫소리가 내 몸을, 심장을 쥐고 흔드는 진동에 홀렸다가 천장을 열심히 도는 사이키와 조명 빛에 홀렸다. 백 원짜리 죠스바 하나에 행복해하던 어린이들은 삼백 원짜리 빵빠레를 핥았고, 빨리 자라는 엄마의 잔소리를 들으며 잠자리에 들 시간에 어린이들은 '노는 어른들'을 구경했다. 춤이 어설픈 동네 어른들은 금세 자리로 돌아왔다. 그러다 우리끼리 눈을 마주치면 웃었다. 어른들도 처음이라 어색했나 보다. 그날의 일을 그림일기에 그린다면 제목은 '문화충격의 밤'이었어야 했다.

그날의 하이라이트는 한 여성댄서의 춤이었다. 그녀는 춤을 추다가 아슬아슬하게 한 겹씩 옷을 벗었다. 세탁소를 하는 우리 집에 가끔 클럽용 무대복이 세탁물로 들어올 때가 있어서 옷이 금색이라도 놀랍진 않았다. 다만 그림일기를 그릴 때 아까운 금색 크레파스가 얼마나 쓰일지 걱정됐다. 댄서가 마지막 하의를 벗는 순간, 암전이 되었고 '쑈'는 끝났다. 여기저기서 탄식(?)이 흘러나왔다. 옆자리 아줌마가 '어쩌자고 진짜 다 벗어뿌노?' 중얼거렸고, 그 아줌마의 자녀가 심드렁하게 대답했다. '빤스 안에 또, 빤스 입었더라.'

크리스마스가 다가오면 아기 예수, 고요한 밤, 산타와 루돌프가 먼저 떠올라야 하는데 나는 어른들과 아이들의 위치가 역전됐던 그 밤을 떠올린다. '크리스마스에 어울리는 어른과 아이의 역할'과는 거리가 멀지만 이상하게 그날의 일들이 참 좋은 기억으로 남아있다. 그날의 우리 일행은 모두 아이들 같았으니까.

지나고 보니 산타는 먼 나라에만 있는 존재가 아니었다.

그날 우리 모두는 서로의 산타가 아니었을까. 산타가 '간절히 꿈꾸던 것, 필요한 것을 주는 사람'이라고 한다면 서로의 '일탈'을 지켜봐 주던 그날의 우리 모두는 산타일지도 모른다.

그날뿐만 아니라 지금, 여기, 우리 모두, 누군가의 산타다. 만원 버스에서 가방을 들어주는 아줌마, 길고양이 밥을 챙겨주는 청년, 늙은 강아지를 등에 업고 폐지를 수거하는 노인까지 우리는 누군가에게 잠깐의 산타다. 이 산타들이 일을 마치고 돌아가 쉬는 집은 아주 아늑하고 편안한 곳이면 좋겠다.

책에 있는 글들은 등단하고 10년 동안 여러 매체에 발표한 산문들이다. 책으로 묶는 작업을 하는 동안 많은 일이 있었다는 것을 깨달았다. 폐지 줍는 노인 부부를 돕던 엄마는 지금 요양병원에서 침대에 누운 채 콧줄 식사를 하고 있다. 내 인생에 가장 소중한 산타, 엄마가 쉬는 곳이 집이 아니라 병원인 것이 아쉽고 죄송하다. 내 가족이, 내 산타들이 조금만 더 행복해지면 좋겠다.

겨울밤, 따뜻한 이불 속에서 귤 까먹는 소소한 재미. 이 책이 당신에게 그만큼의 재미를 줄 수 있을까. 내가 당신의 산타가 될 수 있길, 당신이 내게 산타가 되길, 간절히 바란다.

2018년 12월 수정동 산동네에서 이정임

차례

1. 당신의 굴뚝은 좁고 어둡지만 따뜻했습니다

2. 산타도 자기 집에서는 현관문을 이용합니다

3. 엄마! 나 왔어

4. 루돌프도 가족입니다

5. 지금은 썰매 정비 중입니다

1. 당신의 굴뚝은 좁고 어둡지만 따뜻했습니다

깡통과 호박잎

　내가 사는 동네에서 폐지, 고물을 수거하는 사람들은 각자 폐품이 나오는 시간을 찾아두고 움직인다. 거의 노인 분들인데 잠이 오지 않는 새벽, 가게 유리문에 붙어 서 있으면 서너 시에도 수레를 끌며 고물을 줍는 사람이 보인다. 조금 전에도 누가 가게 앞 커피자판기 쓰레기통을 뒤져 종이컵을 주워갔다. 나는 도둑고양이처럼 조용히 엎드려 숨어있다 왔다.

　지난여름, 바로 앞 사람과 시간 간격을 맞추지 못해 매번 허탕을 치던 노부부가 있었다. 두 사람이 빈손으로 동네를 도는 것이 안타까웠던 엄마는 폐지 따위를 챙겨뒀다가 드리곤 했다. 한 번은 그 노부부가 수줍게 웃으며 엄마에게 신문 뭉치를 건넸다. 구겨진 신문에 든 것은 호박잎과 풋고추였다. "직접 키운 거라서 파는 것보다 생긴 게 못났다. 그래도 내가 줄 게 이것밖에 없어서…." 할머니가 말씀하셨다. 엄마는 기쁜 눈과 슬픈 눈을 반반씩 하고서 한참 동안 그것들을 들여다봤다.

그날 밤, 부르는 소리가 들렸다. 가게 밖으로 나갔더니 엄마가 2층 PC방에서 나온 쓰레기 앞에 서 있었다. 100L 정도 돼 보이는 투명 비닐 속에는 음료수 깡통이 가득 들어 있었다. 엄마와 둘이서 깡통 봉지를 끌고 가게 안으로 들어갔다. 말랑말랑한 호박잎과 단단한 풋고추가 달그락달그락, 시끄러웠다. 괜히 웃음 나는 밤이었다.

소년의 자존심

한 소년이 문학관을 찾아왔다. 문 닫을 시간이었고 날도 추웠는데 외진 곳의 문학관을 혼자서 찾아온 것이다. "관람하실 거예요?" 내가 물었다. "아닙니다, 저는 물건을 좀 팔려고 왔습니다." 소년은 정중한 목소리로 또박또박 말했다. 그리고 네 개에 만원한다는 '은나노칫솔'을, 다 팔고 마지막 남은 하나라며 가방에서 꺼내 보였다. 동시에 할머니와 살고 있고 형편이 어려워 고등학교에 못 들어갔으며 이렇게 물건을 팔아 검정고시를 준비한다는 자기소개도 덧붙였다. 나는 당황했지만 다시 물었다. "다른 물건은 없어요? 칫솔을 낱개로 판다거나?" 소년은 그것 하나 남았다고, 낱개 판매는 할 수 없다 했다. 나는 곤란한 표정을 지었다. 돈을 만원이나 들이기도 뭣했고 이런 경우 물건이 필요하다기보다 처지를 딱하게 여겨 사는 사람이 다수일 텐데 소년의 처지를 쉽게 믿기가 힘들었다.

그때 옆에 있던 시인이 자신도 힘들게 학교를 다녔노라고 말하며 소년의 처지를 다시 물었다. 그리고 지갑을 열어 지폐를 꺼내 소년에게 내밀었다. "물건은 안사지만 이것 가지고 가라. 할머니 말씀 잘 듣고." 소년이 말했다. "아닙니다. 물건을 안 사시는 거니까 돈은 받지 않겠습니다." 그러자 시인이 웃으며 지갑을 다시 열었다. "그래. 자, 만원 줄 테니 그 물건 나에게 팔아라." 소년은 물건을 팔았고 공손히 인사를 하며 문학관을 떠났다.

I HAVE A DREAM

    한낮의 햇빛이 지하철의 옆구리를 통과해 객석에 도착했다. 공기를 부유하던 꿈은 졸고 있는 사람들의 머리 위에 살짝 앉곤 했다. 나는 그 사람들이 부주의하게 흘린 꿈을 조금씩 주워 모으고 있었다.

    한 신사가 초록색 여행용 가방을 끌고 들어왔다. 아주 먼 타국에서 돌아온 것처럼 고단해 보였지만 그는 객석의 한가운데에 섰다. "안녕하십니까. 승객 여러분께 좋은 노래를 들려드리고자 이 자리에 섰습니다. 추억의 노래를 비롯한 명곡이 오리지널 가수의 원음으로 실렸습니다. 여덟 장의 CD에 131곡이 담긴 앨범을 단돈 만원에 모십니다."

    신사가 흘리는 꿈이 좀 더 재밌어 보였지만 MP3 이어폰을 꽂은 청년과 입을 벌리고 자던 사내는 인상을 썼다. "지금 들려드리는 노래는 아바의 곡입니다. 아이 해브 어 드림. 나는 꿈이 있어요. 가사가 너무 좋아 고등학생 영어듣기평가에 종종 나오곤 하는 노래입니다. 잠깐 감상하시죠. 참고로 이번에 내리실 곳은 명륜동역입니다."

　노래가 흐르고 중년의 여성이 발목을 까딱거리기 시작했다. 그녀가 흘리는 꿈은 처녀 때 꾸던 것이었다. 다리 아래 뜨거운 열기가 종아리를 타고 올라왔다. 아주 잠깐, 내 꿈은 뭐였나 생각했다.

　신사는 한 장의 앨범도 팔지 못했다. 그는 우아한 동작으로 노포동 방향 지상구간의 마지막 역에서 내렸다. 차창 밖이 깜깜해졌다. 나는 수집하던 꿈을 죄다 버리고 서둘러 하차했다.

당신을 보고 배웁니다.

초등학교의 방과 후 독서논술 수업을 나갑니다.

아이들과 함께 하는 것의 가장 큰 매력은 생각지 못한 깨달음을 얻을 때가 있다는 겁니다. 제가 수업을 진행하지만 아이들에게서 배우는 일이 많습니다. 가장 많은 가르침을 주는 학년은, 놀라지 마세요, 1·2학년입니다. 제가 배우는 일이란 이런 경우입니다.

'세종대왕' 책을 읽고 수업 하던 날, '노비'라는 낱말이 나왔습니다. 이 낱말 뜻이 무어냐, 물었더니 평소 장난만 치던 개구쟁이가 손을 번쩍 들었습니다. 그날은 학부모님과 교장 선생님이 참관하는 공개수업 날이었습니다. 비정규계약직인 제가 그들에게 잘 보여야하는 날이기도 합니다. 모범적인 다른 아이가 손들어주길 바랐지만 자신 있는 태도의 아이는 오직 그 아이뿐이었습니다. 저는 그 친구에게 뜻을 설명해 달라 부탁했습니다. 아이가 "그거 있잖아요, 그 기… 기타, 기타…." 앞이 깜깜했습니다. 노비와 기타의 관계는, 뭐랄까, 장작과 유리세정제의 그것처럼 너무나 멀고 먼 관계였으니까요. 어떻게 수습해야하나 고민하는 사이, 아이가 외쳤습니다.

"기! 타! 등! 등!".

아, 그거였구나. 주요 관직에 있지 못하고 주인공도 되지 못하고 좋은 이름도 얻지 못한 채 깡그리 모아 한 번에 불러버리는 그 이름. 기타 등등. 그 자리에 있는 어른들은 모두 웃었고 기발한 뜻 설명에 저는 아이를 칭찬해주었습니다. 집으로 돌아오면서 생각해보니 아이의 대답은 참 날카로웠습니다. '기타 등등'으로 불리는 '노비'라는 낱말은 현재의 '비정규직', '을의 입장'과 참으로 닮아있었습니다. 힘없는 '나머지'라서 함부로 취급해버리는 '기타 등등'. 저는 수업에 찾아오는 아이들을 까부는 녀석이라고, 조용한 아이라고, 함부로 '나머지'로 취급하지 않았나, 반성했습니다. 세종대왕은 노비였던 '장영실'의 인물됨을 알아보셨다는데 요즘 대표님들도 그러신지요.

며칠 전 수업에서는 자신이 생각하는 '위대한 사람'이 누구냐고 묻는 질문이 나왔습니다. 2학년들이 가장 많이, 가장 먼저 외친 대답은, 놀라지 마세요, 바로 '대통령'이었습니다.

저는 대통령이 왜 위대한 사람이냐고 물었습니다. 아이들이 대답했습니다. '우리나라의 최고 높은 사람이니까요, 힘이 세니까요, 사람들이 대통령이 하는 말은 잘 들으니까요….' 그러다 한 아이가 말했습니다.

"길에 쓰러져있는 사람을 보면 가장 먼저 손을 내밀어 잡아주고 그 사람 말을 들어주는 사람이니까요."

아, 그렇지. 대통령은 그러라고 있는 사람이었지. 요즘 뉴스에서 부정적인 이야기만 잔뜩 듣다보니 대표, 높은 직책, 대통령 등의 뜻을 오해하고 있었나봅니다. 위대한 사람이 되려면 갖춰야 할 덕목을 아이들에게서 새삼 배웁니다.

음력설도 지났으니 이젠 정말 2015년입니다. 새 학년으로 올라가는 아이들이 반 배정을 받고 와서 어느 친구를 만나게 될지 어떤 선생님이 담임이 될지 잔뜩 기대하는 모습이 너무 예쁩니다. 이 아이들은 커서 훌륭한 인물이 되고, 건강한 가정을 꾸려 나라를 빛낼 것입니다. 그러기 위해서 많은 일을 겪고 많은 것을 배우겠지요. 작년에 이 아이들이 본 세상에는 슬프고 화나는 일이 많았습니다. 세월호 사건, 갑질 사건, 영유아 폭행사건…. 좋은 일만 보고 살 수 없다는 것은 누구나 압니다. 다만 이 슬프고 화나는 일이 제대로 속 시원히 공정하게 해결되어야 보는 아이들도 무언가 배우지 않겠습니까?

'노비라는 말은 조선시대에만 있는 개념이다, 대통령은 정말 위대한 사람이다. 어른들은 모두 믿을 수 있는 존재다' 저는 아이들이 그렇게 배우길 희망합니다. 오늘도 아이들은 집에서, 길에서, 학교에서, 학원에서, 마트에서, 세상사는 일을 배웁니다. 누구를 보면서 배우게 될까요? 네, 그렇습니다. 당신을 보고 배웁니다. 바로, 당신.

필요한 사람

파킨슨이란 뇌 흑질의 도파민계 신경이 파괴되는 질병입니다, 라고 인터넷에서 검색창이 알려준다. 쉽게 쓰인 말 같은데 도통 무슨 말인지 알 수 없다. 2009년 파킨슨병 확진 판정을 받은 엄마는 움직임이 느려지고 손과 입술을 떨며 몸이 굳어버려 방향 전환이나 자연스러운 동작이 힘들다. 다리 근육의 강직으로 엄청난 통증을 느끼며 약효가 몸에 남아있지 않을 때에는 화장실에 가기는커녕 추울 때 이불을 끌어당겨 덮지도 못할 만큼 움직이기 힘들다. 변비, 우울증, 인지기능장애, 야간빈뇨 등의 증상은 덤이다.

병의 정확한 원인을 모르므로 완치라는 개념이 없다. 그저 도파민 물질이 들어있는 약을 먹을 수밖에 없다. 몸에 맞는 약의 종류와 용량만 잘 찾아내면 생활을 잘 해나간다. 하지만 이 약이라는 것의 부작용이 만만치 않다. 확진을 받고 5년이 넘어서니 약 용량이 적으면 차라리 죽고 싶다며 절규할 만큼의 통증이 생기고 용량이 많으면 헛소리를 하게 되는 섬망 증상이 나타났다. 그래서 나는 약을 줄이고 싶어 하고 엄마는 약을 더 먹길 원한다. 우리는 약을 두고 매일 줄다리기를 하는데 다른 편이 되어 싸우거나 같은 편이 되어 힘을 합하거나 하며 하루하루를 보낸다.

'하루를 보낸다'고 쉽게 썼지만 이 간단한 문장 속에는 엄청난 사건사고들과 고통과 분노와 슬픔과 약간의 헛된 희망이 도사리고 있다. 그것은 종합병원 대기실에서 네 시간을 기다려 겨우 십분 동안 의사와 면담을 하고서 서너 달 치의 약봉투를 받아와 서너 달 동안 막막한 심정으로 한 가족이 지지고 볶고 싸우며 약을 먹는 것만큼 쉽고도 어려운 일이기도 하다.

지난여름 엄마의 몸에 한계가 왔다. 심신이 지쳐 마를 대로 말라버린 엄마의 몸에는 더 이상 약효가 돌지 않았다. 약을 더 먹일수록 헛소리만 해댔다. 다니던 병원에 갔더니 도파민 약만 더 높게 처방할 뿐이었다. 그녀의 상태를 세밀히 살펴 약 용량을 조절해줄 사람이 필요했다. 우여곡절 끝에 충청도의 한 병원을 찾아가게 되었다. 먼 길을 달려간 그 병원은 예약도 필요 없는 작은 '의원'이었다. 대기실에 길게 놓인 두 줄의 소파에 노인이 많았다. 순서를 기다리며 이곳까지 온 것을 잠깐 후회했다. 큰 병원 네 시간 대기상황에 십분 면담과 작은 병원 왕복 여덟 시간에 십분 면담이 크게 다를 것이 있겠는가, 싶었다.

　진료실에는 초로의 의사가 앉아있었다. 나는 쉽고도 긴 투병시간들에 대해 설명을 했고 엄마는 자신의 통증과 고통에 대해 설명했다. 의사는 우리의 말들을 모두 기록했다. 여기저기를 살펴보고 이런저런 설명을 상세히 해주던 의사는 메모지를 꺼내 자신의 휴대전화 번호를 적어 내게 주었다. 그리고 내 전화번호를 달라하였다. 의사는 내 전화번호를 '따간(?)' 사람 중에 가장 고마운 사람이 되었다. 진료실을 나서니 면담시간은 40분을 훌쩍 넘어있었다. 부산으로 내려간 다음날부터 나는 이 의사와 자주 연락을 했다. 엄마는 나와 살게 되었고 약 용량을 매일 조절하면서 느리지만 아주 조금씩 건강을 찾아가고 있다. 가끔 문제가 생기곤 하지만, 내 시간이 고스란히 엄마 병수발에 들어갈 땐 지치지만, 예전만큼 막막하진 않다. 전화를 걸면 응답해줄 '필요한 사람'이 있기 때문이다.

　완치가 없는 병을 만나고보니 결과보다 '과정'에서 더 의미를 찾게 되었다. 지금껏 나는 내게 필요한 곳, 내게 필요한 사람만 생각하며 살았다. "좀 어떠셔유?" 하고 묻는 의사를 만난 뒤로는 혹시 타인에게 내가 필요할 수도 있지 않을까, 생각하게 된다.

내게 필요한 사람을 찾았다면 나도 누군가의 인생 '과정'에 필요한 사람이 될 수 있겠다. 이 쉽고도 어려운 문장을 겨우 써낸다.

달걀의 값

　반찬가게를 지나치는데 '정월대보름용 묵은 나물 모둠'이 진열대에 먹음직스럽게 놓여 있었다. 도저히 사지 않을 수가 없었다. 꼬박 나흘 동안 하루 한 끼 이상을 비빔밥으로 해결했다. 질리지는 않았다. 가끔 한 알에 400원하는 달걀 프라이를 얹어 먹었기 때문이다. 반찬과 국이 없는 날에 노른자를 익히지 않은 달걀 프라이 두 개를 얹고 깨를 듬뿍 뿌린 밥, 김치 한 종지라면 맛있는 한 끼 식사를 해결할 수 있었다. 그런데 오늘 문득 그런 생각이 들었다. 내가 달걀을 이렇게 쉽게 먹어도 되는 것일까. 나에게 누군가의 목숨 값이 쉽다는 것은, 싸다는 것은, 다소 문제적인 일 아닐까.

　작년 시댁 어르신 기일에 맞춰 큰집에 갔더니 베란다에 병아리 한 쌍이 있었다. 조카가 다니는 학교 방과후 교실에서 수업을 하고 얻어온 동물이었다. 나는 크게 놀랐다. 생명에 대해 공부하는 자리에서 저렇게 쉽게 살아있는 동물을 나눠주다니, 아이러니한 그 상황이 이해되지 않았다. 맞벌이 부부가 사는 아파트에서 좁은 베란다에 닭을 가두어 키우는 일은 쉽지 않아 보였다.

이번 설에 큰집을 방문했을 때 닭들이 보이지 않았다. 아이의 외가댁으로 보냈다고 했다. 마당이 있는 집이라 닭이 사는 환경은 훨씬 나아진 것 같았다. 항생제 맞지 않은 닭이 낳은 유정란을 얻을 수 있다며 어른들도 좋아하신다고 했다. 하지만 그곳도 시골이 아닌 도시라서 닭똥과 울음소리 때문에 이웃의 항의를 받는 것 같았다. 대다수 사람들에게 자신이 먹는 달걀이 어떻게 만들어지는 것인지는 중요하지 않을 것이다.

조류독감 때문에 연일 시끄럽다. 정부는 이 전염병의 원인으로 철새를 지목했다고 한다. 하지만 '세계식량농업기구'(FAO)에서 AI바이러스 발생의 가장 중요한 요인으로 '공장식 밀집사육'(Factory Farming)을 들었다. 닭을 A4용지 한 장 크기도 안 되는 아주 좁은 공간에 가두는 사육 방식 말이다. 닭은 농장이 아닌 '공장'에서 동물이 아닌 '기계'가 되어 알을 낳아야 한다. 이 공장식 밀집사육은 닭의 면역 체계를 약화시킬 것이니 닭들도 자주 아프지 않겠는가. 지금까지 정부는 이 공장식 축산을 장려해왔지만 동물이 사육되는 환경을 개선하지 않으면 이 지옥은 끊임없이 반복될 것이다.

황선미 작가가 쓴 동화『마당을 나온 암탉』의 주인공 '잎싹'은 양계장에서 알을 얻기 위해 사육되는 암탉이다. 평생 좁은 철망에 갇혀, 세상이 어떻게 생겼는지 본 적 없이, 주는 사료를 기계처럼 받아먹고 알을 낳아야 한다. 낳자마자 한 번 품어보지도 못하고 알을 뺏기는 삶이 싫어서 잎싹은 굶는다. 목숨을 걸어야 양계장 바깥으로 나갈 수 있는 것이다. 만약 이 양계장에 조류독감이 돈다면? 아프지 않은 닭들도 모두 살처분, 생매장 당해야한다. 잎싹의 입장에서는 살아도 지옥, 죽어도 지옥이다.

농장에서 건강하게 '닭답게' 사는 닭이 낳은 달걀은 아마지금 사먹는 달걀보다 가격이 더 비쌀 것이다. 하지만 누군가의 목숨 값이지 않은가. 팍팍한 세상살이가 얼마나 무서운지모르고 배부른 공상을 떠들어댄다고 할지도 모르겠다. 하지만 공장에서 생명을 기계처럼 다루고, 학교에서 생명을 쉽게나눠주고, 나라에서 생명을 쉽게 죽이는 이 과정을 '돈' 앞에서쉽게 수긍하는 것이 더 문제적이고 무서운 일 아닐까.

쓸쓸한 정식

학교를 졸업하고 작가의 길을 걷기 위해 아르바이트를 하며 글쓰기를 하는 후배가 있다. 오전에 그는 다른 식구들의 출근준비를 돕고 여러 가지 집안일을 한다. 저녁 아르바이트 시작까지 그가 글을 쓸 수 있는 시간은 세 시간. 그 시간동안 학교 도서관에 가서 열심히 읽고 쓴다. 성실한 친구라고 감탄하는데 갑자기 그가 말한다. "밥을 사먹어야 하는데 밥 사먹을 돈이 많지도 않고 아까운 거예요." 편의점에서 사먹을 수 있는 것들을 머릿속으로 계산을 하다가 결국 아무것도 사먹지 않고 아르바이트를 하러갔다고. 그래서 요즘은 잘 안 써져도 그냥 집에서 해요, 그가 말하며 웃었다. 어떤 종류의 웃음은 위로조차 건네기 어렵게 만든다.

십여 년 전의 나도 한 끼 식사의 가격을 따졌다. 공무원 양성학원에서 수업을 듣고 마치자마자 아르바이트를 하는 시립도서관으로 왔다. 도서관식당 밥이라도 그 당시의 내 수입으로는 비쌌다. 편의점에서 당시 700원하는 삼각 김밥 하나를 사와서 300원하는 자판기 음료와 함께 한 끼를 대충 때우곤 했다. 스무 살 이후 처음으로 몸무게가 40킬로그램 대까지 빠졌던 어느 날, 큰맘 먹고 정식을 주문했다. '돈을 지불한 자'답게 의기양양하게 테이블 하나를 차지하고 밥을 먹었다. 그렇다고 해도 밥에만 집중할 수는 없었다. 내가 먹는 것의 '밥값'이 자꾸 떠올랐기 때문이다.

밥을 반 정도 먹었을까, 한 여자가 정식이 담긴 식판을 들고 내 쪽으로 오더니 그 넓은 식당 무수히 많은 빈자리 중에 하필 내 앞자리에 앉았다. 처음 보는 얼굴이었는데 나처럼 취업 공부를 하는 행색이었다. 여자는 나와 눈이 마주칠 때마다 쑥스럽게 웃었다. 왜 여기 앉았지? 왜 웃지? 어리둥절해서 아래만 보고 밥알을 씹었는데 씹다보니 왜 그런지 알 것 같았다. 아마 수험기간의 저렴한 '혼밥' 생활이 지긋지긋해서 아니었을까. 잠시나마 누군가와 '함께' 밥을 먹는 기분을 내보고 싶지 않았을까. 여자는 말을 건네지도 않으면서 자꾸 웃었고 그때마다 나는 고개를 돌려 메뉴판을 속으로 읽었다. 여자를 위해 밥을 최대한 천천히 먹었지만 밥이 다 떨어지고 알바 시간이 다가왔으므로 식판을 들고 일어서야 했다. 일어서면서 다시 눈이 마주쳤는데 이번에는 그쪽도 나도 함께 어색하게 웃었다. 어떤 종류의 웃음은 이렇게 쓸쓸하다.

오랜만에 시립도서관을 찾아가 구내식당에서 3,500원하는 정식을 사먹었다. '얼갈이 배춧국, 돈육감자조림, 겉절이, 멸치볶음, 배추김치'를 먹는데 고작 3,500원 하는 밥 한 끼가 너무 맛있었다. 음식에만 집중할 수 있음에 코끝이 찡해졌다. 와, 나 성공했구나, 그런 생각을 하면서 혼자 키들거렸다. '즐기는 혼밥이 대세'라고는 하지만 대다수의 청년구직자들은 자신의 식판에 담긴 것을 반추하며 '밥값'을 해보겠다고 고군분투한다. 밥알을 씹듯 자신을 끊임없이 씹어가며 분석할 것이다. 그들이 즐길 수 있는 밥상을 빨리 가지길, 응원을 보낸다. 더불어 평소 혼밥을 즐겼다는 그 분은 자신의 식판에 담긴 1,440원짜리 정식만큼 '밥값'을 잘 하고 있는지 생각 좀 해보시길 권한다. 어떤 종류의 식사는 그렇게 과분하다.

라면 먹는 아저씨들

일상의 가르침에 이런 말이 있다. '자고로 자장면은 당구
장에서 먹어야 제 맛이고 잔치국수는 포장마차에서 먹어야
제 맛이니라' 어리석은 나로서는 자장면과 잔치국수의 진정한
맛을 아직 깨우치지 못했지만 어떤 '말씀'같은 한 가지는 믿고
있다. '라면은 만화방에서 먹어야 꿀맛이다'

초등학교 다니던 시절부터 만화책을 빌리기 위해 만화방
에 자주 들렀는데 도서관을 몰랐던 나로서는 '이야기'에 대한
갈증을 해소할 수 있는 고마운 공간이었다. 지금 생각해보면
만화책을 읽는다고 엄마에게 등짝을 맞았던 적은 없었다. 어
쩌면 엄마는 그런 관대함으로 내가 이야기 짓는 사람이 되도
록 키운 건지도 모르겠다. 대학 다닐 때는 만화방을 거의 매일
들락거렸다. 저렴한 데이트 장소로 손색이 없었기 때문이다.
애인과 함께 만화책 서너 권을 빌려보고 라면과 음료 등을 주

문해서 먹다보면 몇 시간이 훌쩍 지났다. 똑같은 라면인데 왜 만화방 라면은 이렇게 맛있냐며, 집에서 끓인 라면과 무엇이 다른지에 대해서 진지한 토론을 벌이기도 했다.

그때의 애인은 남편이 되었고 우리는 여가시간을 보낼 만화방을 찾아 헤맸다. 시내 번화가에는 만화카페가 유행이라고 한다. 쾌적한 시설과 예쁜 인테리어는 기본이고 1인용 리클라이너 소파, 텐트, 다락방처럼 이색적인 공간을 만들어 번듯한 조리시설에서 음식은 물론 음료까지 제대로 만들어 판매를 한다고. 그야말로 별세계다.

하지만 변두리 동네에는 그런 시설을 갖춘 곳이 없다. 그나마 조리시설을 갖추고 비교적 깔끔한 만화방을 찾아냈다. '24시간 영업'이라는 간판을 단 지하만화방에 들어가니 사방 벽을 빼곡히 메운 만화책과 인조가죽소파에 앉은 중년의 아저씨들이 한 눈에 들어왔다. 익숙한 풍경이다. 그곳에 여자라고는 나와 카운터의 사장님 둘 뿐이라서 좀 섭섭했다. '라면+밥'을 주문하고 한참 만화를 보고 있는데 "라면밥 두 개 나왔어요!" 사장님이 외쳤다. 카운터로 나가서 우리가 주문한 음식을 받아왔다. 만화방 라면은 여전히 맛있었다.

저녁 시간이라 호로록, 호로록, 여기저기서 라면 흡입하는 소리가 들렸다. 문득 고개를 들어 만화방을 찾아온 아저씨들을 살폈다. 퇴직을 했거나 퇴근을 했을 그 아저씨들은 혼자 무협 소설, 판타지 소설, 만화책 등을 읽으며 음식을 먹었다. 가족과의 저녁시간은 어쩌고 저렇게 혼자 책을 보는 것일까.

청년시절 양복점에서 일했던 아빠는 그 나이대의 사내들이 그랬듯 쉬는 날이 얼마 없었다. 어쩌다 쉬는 날이 생기면 만화방에서 만화책을 높게 쌓아놓고 읽으며 시간을 보냈다고 한다. 아저씨들의 진지하게 책 읽는 얼굴이 꿈꾸는 소년 같아서 아빠가 만화책을 읽었을 때 표정이 어땠을지 조금 짐작됐다. 소년 같은 아저씨라니, 혼자인데도 즐거워 보인다니 기분이 묘했다. "만두라면 나왔어요!" 아줌마의 부름에 한 아저씨가 카운터까지 나가 수줍은 표정과 어색한 자세로 라면 쟁반을 받아들었다. 그 순간만큼은 '꼰대'라는 내 속의 단어를 잠간 지우기로 했다.

맛있는 술, 맛없는 술

"작가님은 평소에 술 드시나요?" 며칠 전 일 때문에 만난 몇 분과 점심식사를 하던 자리에서 질문이 들어왔다. 지난날 그 분과 술자리를 함께 하기도 했는데 나는 매번 조금만 마시거나 일찍 자리를 떠버렸다. 보통 일을 하다가 친해지면 밥을 먹고 그러다 문제가 생기거나 좋은 마무리를 해내면 술도 마시는 자리들이 생길 텐데 혹시 내가 술자리를 싫어하는 것이 아닐까, 배려차원에서 미리 물어봤을 것이다.

술이라면, 나는 언제든 '오케이', '콜'을 외치는 사람이었다. 거짓말 조금 보태서 말하자면 내 이십 대의 팔할은 술로 채웠다. 생애 처음 쓴 소설마저 술 마시는 얘기, 숙취 얘기가 잔뜩 나온다. 돈이 없어 안주가 부실해도 소주는 늘 달았다. 늦은 밤까지 학과 선후배, 친구들과 보내는 그 시간이 참 달달했고 그 달달함에서 많은 것을 느끼고 심지어 삶의 태도 같은 것을 배웠다. 지금도 그 시절을 추억하면 나오는 '웃음유발 사건사고'는 술자리에서 만든 '우리만의 개그콘서트'였다. 그러니 술을 왜 싫어하겠는가. 나는 대답했다. "술 마셔요. 제가 술을 참 좋아하는데… 불행히도… 이십대에 간을 다 써버렸거든요." 농담 반 진담 반 내뱉은 말에 모두 웃었다. 그렇지요. 체력이 달리지요. 조금만 마셔도 다음날이 힘들지요. 제 아내도 결혼 전엔 술을 잘 마셨는데 지금은 잘 못 마시더라고요. 이해한다는 듯 고개를 주억거렸다. 집으로 돌아오는 길에 생각했다. 나는 언제부터 술자리를 즐기지 않게 되었나. 술자리를 즐기지 않아도 사실 맥주나 와인 등을 거의 매일 마시는 편이다. 그러니까 그저 체력 탓만 하기에는 이해되지 않는 지점들이 있다. 그러다 〈82년생 김지영〉이라는 장편소설을 읽으며 내가 술자리를 즐기지 않게 된 이유를 다시 생각해보게 되었다.

> …결국 김지영 씨는 부장 옆에 앉았고, 따라 주는 맥주를 받았고, 강권에 못 이겨 몇 잔을 연거푸 마셨다. …주량을 넘어섰다고, 귀갓길이 위험하다고, 이제 그만 마시겠다고 해도 여기 이렇게 남자가 많은데 뭐가 걱정이냐고 반문했다. 니들이 제일 걱정이거든. 김지영 씨는 대답을 속으로 삼키며 눈치껏 빈 컵과 냉면 그릇에 술을 쏟아 버렸다.
>
> - 조남주, 『82년생 김지영』, 민음사, 2016, 116쪽

이 소설은 1982년생 '김지영 씨'의 기억을 바탕으로 한 고백을 통해 30대의 한국 여성으로서 겪게 되는 일상의 '차별'과 '고난'을 각종 통계자료와 기사들을 통해 사실적으로 묘사했다. 엄청난 반향을 일으키며 베스트셀러에 등극하더니 연예인 등 유명인사의 SNS에도 곧잘 등장하고 있다. 책을 읽으며 '81년생 이정임'은 김지영 씨의 삶이 자신의 삶과 겹치는 대목이 많아서 놀랐다. 특히 사회생활을 시작하며 맞닥뜨린 어이없는 술자리의 기억들이 그랬다. '누구의 옆자리'와 강권하는 술을 예의바르게 거절하기 위해 애쓰다보면 소주는 매번 썼고 비싼 안주도 맛이 없었다. 나뿐만 아니라 이 책을 읽고 얘기를 나누는 자리에 모인 여자들의 경우 모두 김지영 씨처럼 불편한 술자리 경험이 있었다. 나는 어쩌면 불편한 술자리를 몇 년 견디면서 마냥 맛있고 즐겁던 술자리 시절을 잊어버린 것 아닐까. '자리'에 따라 맛있는 술과 맛없는 술이 결정된다고 생각하니, 어른이란 그런 시시한 것을 알게 되는 존재라 생각하니, 좀 울컥한다. 냉장고에 있는 '소맥'이라도 한잔 말아서 이 분을 풀어야겠다.

오늘의 떡볶이

　여고 시절 친구들을 만났다. 처음부터 정해놓은 것은 아니지만 만나다 보니 매년 5월 마지막 주 주말이 우리의 모임일이 되었다. 전국에 흩어진 7명은 만화 〈드래곤볼〉의 7개 구슬처럼 1년에 한 번씩 추억을 소환하기 위해 모였다. 1997년 3월에 처음 만나고 무려 20년이 흘렀다. 친구1의 아이와 친구2의 뱃속에서 곧 태어날 아이는 '띠 동갑'이니 그동안의 변화는 일일이 설명하지 않아도 짐작이 될 것이다.

　고등학교 3년 내내 야간자율학습을 했던 우리는 아침 7시 30분부터 밤 10시까지 함께 했으므로 어쩌면 가족보다 더 가까운 사이였다. 하루 종일 같은 음식을 함께 먹었으니 '식구'라고 부르는 것이 맞겠다. 오전 조례시간 직전에 매점에서 산 컵라면으로 아침을 함께하고 점심, 저녁 도시락을 나눠먹고 토요일엔 각자 맡은 나물 등을 싸와서 양푼에 비빔밥을 해

먹었다. 누군가 생일을 맞으면 초코파이와 요거트로 만든 케이크로 조촐한 생일파티를 했고 꾀병으로 얻어낸 조퇴증을 받아들고 서면 먹자골목을 쏘다녔다.

참 이상도 하지, 학교 앞 분식집에 파는 순대 떡볶이는 어제 먹었어도 오늘 다시 그리운 음식이었다. 조퇴나 외출을 할 수가 없는 날엔 학원에 가기 위해 조퇴하는 무용부 아이에게 대신 좀 사다 달라 간절히 부탁했다. 교문 앞에 나란히 서서 기다리다 받아든 검은 봉지의 그 매끈한 온기는 손만 닿아도 이미 맛있었다. IMF 세대라 수학여행도 못간 우리에게 쪼개고 쪼갠 용돈을 모아 산 그 떡볶이는 큰 추억이다.

우리는 각자가 꿈꾸던 잘나가는 커리어우먼이 되지 못했다. 그래도 매달 부은 곗돈으로 호텔방을 잡고 저녁으로 스테이크와 파스타 정도는 사먹을 수 있는 어른이 되었다. 호텔방으로 돌아오던 우리는 시장에 들러 생뚱맞게 떡볶이를 샀다.

떡볶이는 달고도 매웠고 씹을수록 끈적끈적하게 이뿌리에 들러붙었다. 떡볶이를 먹으며 우리는 보지 못한 지난 시간 동안 어떻게 살아왔는지 이야기했다. 소녀시절에 많이 이야기하던 꿈 따위는 알 수 없는 미래의 일이었으므로 자신과 꿈 사이의 거리측정이 불가능했다. 그래서 오히려 즐거웠다. 하지만 어른이 되어 꾸는 꿈은 현실의 일이라서 늘 거리를 가늠

하고자 애를 썼고 그 애씀이 쉽지 않아서 힘들다. '좋은 직장인'이라는 꿈에 대한 거리는 측정 시도 제한구역이었다. '친정에 좋은 딸'은 가깝고도 멀었다. '시댁에 좋은 며느리'는 쉽게 닿을 수 없었다. '바른 육아'는 등에 찰싹 달라붙어 오히려 잘 보이지 않았다. 지난날 꿈꾸던 '마냥 멋있는 커리어우먼'은 세상에 없는 존재였다.

'아, 이거 맵네. 근데 자꾸 손이 간다, 희한하제.' 입속에 떡을 넣을 때마다 벌건 국물이 뚝뚝 떨어졌다. 우리의 시간은 달콤했지만 뒷맛이 매워 찔끔 눈물이 났다. 수다에 수다를 더해 거듭 씹었지만 '좋은 역할'에 대한 고민은 이뿌리에 끈질기게 들러붙었다. 만화 〈드래곤볼〉에서 7개의 구슬을 모으면 용신이 나타나 소원을 들어준다. 우리 7명이 모였다고 용신이 나타날 리는 없지만 모일 때마다 깨닫게 되는 것은 있다. 우리는 여전히 서로를 믿어주고 다독여 주는 사이라는 것. 헤어지는 길에 단체 채팅방에 메시지를 남겼다. '누가 뭐래도 난 너네 편이다!' 오늘의 떡볶이는 몹시도 매웠지만 말이다.

지겨움의 맛

《부산일보》'작가의 탐식법'을 함께 연재하던 서진 작가의 제주도 집에 며칠 머물다 왔다. 태국으로 여행을 떠난다며 그 기간 동안 집을 빌려준다는 그의 SNS 글을 보고 평소 제주 살이가 궁금했던 우리 부부는 덜컥 가겠노라, 마음을 먹었다. 남편과 지인을 먼저 보내고 나는 부산에 홀로 남아 이런 저런 남은 일들과 씨름했다. 그러면서 가서 확인해야 할 것들을 계속 머릿속에 떠올렸다. 서진 작가가 말한 '지겨움'의 실체들.

그의 SNS에는 제주도에서의 일상이 자주 올라온다. 한낮에 숲과 들판을 유유히 거닐고, 바다에서 갓 잡은 돌문어로 숙회를 해서 음미하고, 해변에서 멍하니 앉아 시간을 보내는 그 이야기들은 도시에 사는 사람들에게는 참으로 부러운 일이다. 그런데 그는 이야기와 사진의 끝에 단 세 글자로 사람들을 화나게 하는 '만행(?)'을 저지른다. 그것은 바로 '지겹다'

라는 말. 그 게시 글은 곧장 '지겹다니, 너무한 것 아니냐'는 댓글로 성토의 장이 된다. 도대체 이런 일들이 지겨워지다니 제주의 삶은 어떤 것인가? 나는 결국 일거리를 싸 짊어지고 제주로 날아갔다. 도시에서 할 수 없는 제주의 경험들은 참으로 즐거웠다. 시시각각 색이 변하는 바다와 숲을 보는 일, 아름다운 근육을 가진 말을 마주치는 일, 모래밭에서 조개를 캐고 바위틈에 숨은 보말을 따는 일들 말이다. 비옷을 입은 채 폭우를 뚫고 사려니 숲길을 걷는 것마저도 좋았다.

　　그곳에 있는 동안 우리는 밥을 거의 해먹었는데 사흘째 되던 날은 보말죽을 먹기 위해 바닷가 바위틈에 붙어있는 고둥을 땄다. 일행과 떨어져 혼자 보말을 주워 담다가 문득 바위에 점처럼 찍힌 회색의 오돌토돌한 모든 것이 보말이라는 것을 알게 되었다. 징그러울 만치 많은 양이었다. 날은 흐리고 기온은 떨어지고 사람도 없는 곳에서 자잘하지만 분명 '살아있는' 그것들을 보고 있으려니 기분이 묘했다. 그때부터 '빠글빠글한 자연의 징그러움'이 갑작스럽게 눈에 들어왔다. 여기저기서 불쑥 튀어나온 갯강구가 무서운 속도로 달리고 바위틈에서 나온 바닷게 무리가 조개껍데기에 달려들어 관자를 뜯어먹었다. 현무암으로 이뤄진 바위에는 무수히 많은 구멍들이 있었고 그 속을 보말이 채우고 있었다. 자잘한 파도가 바다 위에 무늬를 빼곡이 새기고 명암이 다른 회색구름이 하늘을 가득 채웠다.

집으로 돌아와 보말죽을 끓이고 톳을 넣은 밥, 조개를 넣은 된장국, 물고기를 넣은 조림 등을 만들어 먹으며 '지겹다'의 의미를 다시 생각했다. 사람과 건물과 쓰레기로 가득 찬 도시의 사람들은 보통 자연, 하면 아름답고 깨끗하며 비어있는 어떤 것을 떠올리기 마련인데 막상 이곳에 오니 자연은 사람, 건물, 쓰레기를 제외한 '다른 살아있는 것들이 빠글빠글 모여 있는 징그러움의 총합'이었다. 속을 자세히 들여다보면 모두 살아있으므로 복잡한, 그저 아름답기만 하다고 물건대하듯 단순하게 말할 수 없는 그 풍경을, 서진 작가는 '지겹다'는 역설적인 표현을 통해 말한 것이 아닐까. '지금 영상에 나오는 유채 꽃밭이 단순히 예쁘지요? 자세히 들여다보면 모두 살아있어서 사람에 질리듯이 자연도 징그러워 질릴 수 있습니다.' 그럼에도 불구하고 아름답거나 맛있기까지 하니, 자연은 위대하고 고마운 것일지도. 톳을 넣은 밥이 얼마나 지겨운 음식인지 새삼 깨달으며 두 그릇이나 싹싹 비웠다.

아이스크림이 녹는 동안

　"차장님, 날 더운데 이거 하나 드세요." 폭염주의보라 적힌 안전안내문자가 날아오던 날이었다. 요산문학관에 앉아있는데 누군가 땀을 흘리며 들어와 불쑥 아이스크림 하나를 내밀었다. 복지관의 노인일자리 사업으로 문학관에 파견된 어르신 중 한 분이다. 땀 한번 식히고 가서도 좋을 텐데 고맙다는 인사가 끝나기도 전에 급히 가버리셨다. 다디단 휴식시간을 위해 문학관 마당이 내다보이는 자리로 나가서 아이스크림을 먹었다. 그늘 아래라도 공기는 뜨겁고 끈끈했다. 이 더운 공기를 뚫고 문학관까지 오셨구나, 생각하니 복잡한 마음이 들었다. 사무실 안에 앉아있는 내가 더 시원한 환경에 있는데도 어르신이 가끔 사다주신 아이스크림을 신나게 먹기만 했다니, 부끄러워졌다. 그러자 그동안 선물을 주셨던 분들이 차례로 떠올랐다.

"혼자 문학관에 앉아있으면 심심할 낀데 이거라도 씹으이소. 내사 집에 가면 또 있다." 파견 나온 한 여자 어르신은 가방 속에 들어있던 자신의 간식인 견과류, 과자 등을 꺼내주고 가셨다. "혼자 점심을 어떻게 해결하는교? 이거 시장 통에서 막 싸온거라요. 있다가 먹어요." 역시 같이 파견 나온 남자 어르신은 김밥을 주고 가셨다. 자신이 직접 키운 오이, 가지 등의 채소를 건네주시는 어르신도 계셨다. 도서관 글쓰기 수업을 통해 알게 된 엄마 또래의 수강자가 직접 담근 김치를 싸와서 주신 일도 떠올랐다. 그동안 참 많은 것을 선물로 받았다.

어르신들이 주신 선물에는 공통점이 있었다. 첫 번째 공통점은 대개 '먹을 것'이라는 점이었다. 한국의 가난한 시절을 겪으신 분들이고 내가 자식뻘 되는 사람이라 그런지 먹는 것이 늘 신경 쓰이시는 모양이다. 두 번째 공통점은 나의 처지를 먼저 헤아리시고 주셨다는 점이다. 어르신들 보시기에 '더우니까, 혼자라서 심심하니까, 밥 제대로 챙겨먹기 힘들 테니까' 라는 자신들의 기준으로 선의를 베푸셨다.

'호의가 계속되면 권리인 줄 안다.'고 어느 영화에서 나온 대사가 있다. 내가 꼭 그런 경우 같았다. 맛있는 거라고 덥석 받아먹기만 했지. 그 분들이 어떤 마음으로 음식을 사고, 장만했을지 제대로 생각하지 못한 것이다.

　아빠는 종합병원에서 청소 일을 하신다. 엄마가 아파서 요양원에 있게 되자 같이 일하는 여성 미화원들이 그 사실을 알고 김치를 담글 때마다 아빠에게 챙겨주려 한단다. 김치라는 것이 늘 필요한 반찬이니 받을 법도 한데 아빠는 매번 거절하고 한사코 받지 않으려 한다. 이유를 물었더니 당신이 반장을 맡고 있기 때문이라고. 반장한테 잘 보이려고 그런 거라 오해할 수도 있고, 진짜 잘 보이려고 그런 일이 생길 수도 있고, 그러다보면 서로 미안해지거나 신경 쓰일 일이 생긴다는 것이다. '아주머니들이 좋은 마음으로 챙겨주는 건데 그냥 받지.' 그렇게 말했더니 아빠는 안 된다며, 더욱 단호하게 고개를 저었다.

　아이스크림이 금세 녹기 시작했다. 그것을 급하게 입에 넣으며 속으로 생각했다, 아빠처럼 단호한 거절은 잘 하지 못해도 감사한 일이라는 것은 명심해야지. 그런 말도 있잖은가. '호이가 계속되면 둘리인 줄 안다.' 내가 사랑하는 만화영화 〈아기공룡 둘리〉에 나오는 둘리처럼 주변 사람 잘 챙기는 문학관 어르신들을 위해 다음 주 근무일에는 시원한 음료수라도 사가야겠다.

밥이 뭐 길래

식당에 갔더니 갓 지은 찰밥이 나왔다. 알록달록 색깔이
예쁘고 맛도 좋았다. 끈적끈적한 식감 때문에 좋아하지 않았
는데 오랜만에 먹으니 새삼 맛있는 밥을 든든하게 먹은 기분
이었다. 그러고 보니 찰밥은 아빠가 좋아하는데. 엄마는 아빠
의 생신에는 꼭 찰밥을 지어 밥상에 올렸다. 3년 가까이 엄마
가 한 밥을 못 먹어봤으니 아빠는 찰밥이 참 그립겠다.

가게일이 바쁜 와중에도 엄마는 식구가 먹는 밥만큼은
크게 신경 썼다. 벼농사를 하시는 이모에게 해마다 전화를
걸어 그 해 추수한 햅쌀을 주문했다. 여기에 잡곡을 섞어 밥
을 지었는데 어릴 때는 콩, 검은 쌀이 들어간 밥이 그렇게 싫
을 수가 없었다. 물도 결명자와 보리를 섞어 오래 끓였다. 나
는 진하게 우러난 그 물이 부담스럽다며 툴툴거렸다. 그럴 때
마다 엄마는 '배부른 소리하고 자빠졌네. 암 소리 말고 마셔!'

빽, 고함을 질렀다.

남편의 고향에서 시댁가족이 모였다. 남편은 육남매의 막내라서 가족이 모이면 시끌벅적하다. 고향 산소에 들러 벌초를 하고 숙소로 갔다. 숙소에는 솜씨 좋은 형님들이 백숙 등의 음식을 만들어놓고 기다리고 계셨다. 나는 모처럼 먹는 맛있는 음식에 정신이 팔려 시간을 보냈다. 있는 곳이 고향이다 보니 예전에 있었던 일이 자주 언급되었는데 큰형님, 그러니까 남편의 큰누님은 고향에서 인기가 많았다고 한다. 큰누님을 보려고 괜히 집 근처를 기웃거리는 남자들이 있었는데 마당에 있던 막내누님은 짓궂게도 담벼락 너머로 그들에게 물을 뿌리곤 했다. 물벼락을 맞았던 남자들 중 한 명에게서 최근에 연락을 받았다는 이야기를 꺼내는 큰누님을 보며 아주버님이 '또 자랑하네!'라며 투덜거리시는 바람에 우리는 모두 크게 웃었다.

사실 이날의 주인공은 큰누님이 아닌, 아주버님이었다. 그는 무려 15킬로그램 가까이 살이 빠져서 나타났다. 살이 많이 빠졌지만 건강해진 모습이었고 심지어 훨씬 젊어보였다. 당뇨 때문에 고생했는데 지금은 약 섭취를 하지 않고도 정상수치가 나올 정도라고 한다. 우리는 모두 그 비결을 궁금해 했다. 그도 그럴 것이 거기 모인 가족 중 다른 한 분은 '인슐린

펌프'를 사용하고 계실 정도로 당뇨를 앓고 계시기 때문이다. 아주버님의 비결은 '현미채식'이라고 했다. 텔레비전에 몇 번 나오면서 유명해진 어느 의사의 '현미채식' 프로그램에 2주간 참여하고 와서 실생활에 적용했더니 살도 빠지고 몸도 건강해졌다는 것이다. 특별한 날에는 술과 고기도 먹지만 평소에는 현미채식을 지킨다고. 다른 건 몰라도 밥은 현미밥을 먹어보라는 조언을 하셨다.

집으로 돌아온 우리 부부는 현미밥을 지어먹었다. 현미가 몸에 좋다는 말을 들어선지, 몸이 현미를 좋아하게 된 것인지 모르겠지만 잡곡을 섞은 현미밥이 꽤 맛있었다. 그러고 보니 지금은 흰쌀밥만 지어먹고 있을 아빠가 떠오른다. 아빠가 지금 건강을 유지하고 있는 건 젊은 시절 엄마가 지어준 잡곡밥 때문일지도 모르겠다. 밥이 뭐 길래, 사람 마음이 또 아려오나. 내일은 쌀집에 가서 잡곡을 좀 사야겠다.

웃기는 짬뽕

　　요산문학관에서 근무를 하는 날은 중국집 음식, 특히 짬
뽕을 자주 사먹는다. 방문객이 뜸한 점심시간, 후루룩 거리며
짬뽕을 먹다보면 문학관에 찾아오는 짐승들이 보인다. 먹이
를 찾고 영역 확인을 하러 오는 고양이와 새끼를 키우느라 주
변에 오는 짐승들을 경계하는 까치가 자주 다툰다. 짬뽕을 다
먹고 문밖에 그릇을 내놓으러 가는 길에 그들의 싸움을 지켜
본다. 까치는 문학관 밖으로 나갈 때까지 고양이를 쫓아다니
며 공격한다. 먹이를 찾아먹던 고양이는 까치가 귀찮은지 급
하게 자리를 뜬다. 사람 많은 이 도시에는 짐승이 쉴 수 있는
공간이 얼마 없어서 문학관 자리싸움이 치열하다. 나는 둘 중
한쪽의 편만 들어줄 수 없지만 문학관이 시끄러운 것은 곤란
하다. 고양이가 오랫동안 문학관 한자리에 있으면 슬쩍 다른
자리로 가도록 유도를 하고 까치가 긴 시간동안 경계하면 박

수를 치며 다른 자리로 보낸다. 다들 사는 일이 고되다. 짠한 마음에 "너희들, 밥이나 먹고 다니냐?" 물으며 사료를 놔두면 양쪽이 번갈아가며 밥을 먹고 간다.

우리가 말하는 '짬뽕'이라는 이름은 일본 나가사키 지방에서 유래했다고 전해진다. 개화기 시절의 나가사키에는 중국에서 온 유학생과 항구 노동자가 많이 살았다. 그들 모두 주머니 사정이 넉넉하지 못했다. 중국의 '푸젠성'을 떠나 일본에 자리를 잡고 '나가사키 짬뽕'을 개발한 식당의 주인은 자신의 식당에 오는 가난한 중국인들에게 "밥 먹었냐?"라고 인사를 하곤 했다. 우리나라 인사말에 "식사는 하셨습니까?"가 있는 것처럼 가난한 시절의 먹는 일은 가장 큰 관심사였을 것이다. 이 '밥 먹었냐?'는 질문은 중국말로 '츠판'인데 푸젠성의 사투리로 '샤뽕'이라고 한다. 이 샤뽕을 음식 이름으로 생각한 일본 사람들은 그것을 '잔폰'으로 불렀고 이 음식이 한국에 건너와서 짬뽕이 된 것이다. 짬뽕이 누군가의 안부를 묻는 음식이라니, 맛있고 멋있는 이름이다.

6개월 전부터 생리주기가 들쑥날쑥하더니 이유 없이 두 달 가까이 생리를 하지 않았다. 뿐만 아니라 생리를 할 때에도 생리통이 심해지고 생리혈의 양이 현저히 줄어들었다. 대상포진과 위경련이 앓던 때라 몸이 힘들어서 그렇겠거니 넘겼는데 뉴스를 보고 원인을 알게 되었다. 유해물질이 든 생리대가 문제였다. 뉴스에 자주 언급되던 상표의 생리대는 아니었다. 한 대형마트의 자체개발상품을 썼는데 그 제품의 제조사가 문제의 생리대 제조사였던 것이다. 남편과 나는 그 마트의 고객센터에 찾아가서 가지고 있던 생리대를 보여주었다. 직원은 제품의 환불절차를 알려주었고 우리는 현금으로 4,300원을 받았다. 환불을 받았는데 허망한 기분이 들었다. 마트 앞의 중국집에서 4,500원짜리 짬뽕을 사먹었다. 먹으면서 불편한 내 마음을 들여다봤다. 나는 이 4,300원을 받는 일이 중요하지 않았던 것이다. 오랜 기간 동안 내 자궁이 흡수한 그 나쁜 화학물질들은 어딜 가서 환불받아야 하나? 죄송하다고, 몸은 괜찮으시냐고, 그런 진심어린 안부를 누군가 물어봐주길 원했나보다. 어쩔 수 없지. 그저 스스로 안부를 묻는 마음으로 짬뽕을 먹을 수밖에. 중국에 없는 중국집 음식, 그래서 '웃기는 짬뽕'을 먹는다. 여성(사람)이 없는 여성(사람)용품, 그래서 '웃기는 생리대'를 되판 돈으로.

현실로 돌아와요, 전어

　'민사린'이라는 가상의 인물이 자신의 신혼일기를 SNS에
올리는 형식으로 만들어진 웹툰 〈며느라기〉. 작가는 '며느
라기'를 '사춘기, 갱년기처럼 며느리가 되면 겪게 되는 시기'
를 뜻하는 단어라고 설명했다. 웹툰은 입소문을 조금씩 타더
니 추석 연휴동안 연재된 '민사린의 명절 보내기'를 통해 엄청
난 반응을 이끌어냈다. 남녀평등을 외치는 지금 세상은 빠르
게 변하고 있다지만 가부장제의 그늘은 생활습관 곳곳에 배
어있어서 대다수 젊은 여성들은 명절마다 의구심, 불만, 분노
등을 자주 느끼고, 그렇게 느끼는 것에 약간의 죄책감까지 가
지기도 한다. 그러다 웹툰 〈며느라기〉 주인공이 겪는 일을
자신이 겪은 일과 비슷하다며 공감하고, 남존여비 관습을 버
리지 못하는 시댁에 대한 성토의 글을 올리며, 이것은 '우리
모두의 문제'라고 말하기 시작한 것이다.

실제 삼십대인 주변 친구들의 명절 풍경만 봐도 현재의 대한민국 며느리기는 혼란스러운 과도기라는 것을 알 수 있다. 한 친구는 남성은 부엌일하지 않는 시댁에서 명절 음식 준비, 손님상 차리기, 상 치우기를 반복하는 고된 노동을 했다. 어떤 친구는 시댁 부모님 혹은 친정 부모님과 해외로 여행을 떠났다. 갓난아기를 키우는 친구들은 명절을 챙기지 않고 집에서 몸조리를 했다. 간호사인 친구는 명절에도 병원 근무를 했는데 아이를 맡길 곳이 없어 발을 동동 구르고 있었다. 시댁과의 갈등 때문에 명절만큼은 부부가 떨어져서 각자의 부모님과 시간을 보내는 친구도 있었다. 나를 포함해 친구들이 생각하는 명절은 '숙제'에 가까운 것이었다.

나는 추석에 시댁 식구들과 낚시를 떠났다. 식구들은 각자 싸온 음식을 나눠 먹고 주변 산책을 하거나 낚시를 했다. 나는 텐트에 누워서 〈며느라기〉를 보며 주인공이 뜬금없이 시댁 문을 박차고 뛰쳐나가는, 말도 안 되는 공상을 했다. 그러는 동안 텐트 바깥이 점점 시끄러웠다. 전어를 낚은 남편이 그것들을 숯불에 굽기 시작했는데 지나가는 사람들이 감탄하며 부러워했기 때문이다. 어릴 적 횟집을 운영하는 큰집에 손님이 많으면 엄마는 일을 거들어주러 갔다. 그때마다 성격이 급해 일찍 죽어버린 전어를 챙겨왔는데 밥상에 자주 올라왔다. 물리게 먹었던 기억 때문에 전어를 잘 먹지 않는다. 그런데 이상하게 이날은 냄새가 고소해서 얼른 젓가락을 들었다.

허영만 작가의 만화 〈식객〉에는 한강의 어느 다리에서 자살을 시도하던 중년의 사내가 주인공이 굽는 전어구이를 먹기 위해 살아 내려오는 이야기가 나온다. '가을 전어 머리엔 깨가 서 말', '가을 전어 굽는 냄새에 집 나가던 며느리 돌아온다' 이런 말만 봐도 전어의 맛에 대한 상찬은 충분히 짐작할 수 있다. 그런데 '자살시도'와 '시댁에서의 가출'은 죽음도 불사한 의지 아닌가. 이 엄청난 의지를 한 순간에 무너뜨리고 현실로 이끄는 전어 맛이라니. 좀 무섭기도 하다.

말 많던 '명절'이라는 숙제가 드디어 끝났다. 그래도 연휴는 끝나지 않았으면 했는데 어느샌가 일상이 시작되었고 나는 아직도 현실에 적응을 못했다. 그래서 나는 괜히 횟집 수족관을 기웃거려본다. 전어를 한 번 더 먹으면 현실로 돌아갈까, 싶어서.

돼지국밥의 성별

　글쓰기 수업을 진행하는 도서관에 갔다. 다른 곳에서 일을 보고 이동하던 날이라 저녁밥을 사 먹고 들어갈 요량으로 마을버스에서 내려 식당을 찾았다. 그런데 그 흔한 분식집 하나 눈에 들어오지 않았다. 편의점도 없었다. 굶은 채로 수업을 해야 하다니 낭패, 라는 생각이 들 즈음 멀리 '돼지국밥'이 적힌 간판이 보였다. 그래. 부산에는 분식집만큼 많은 것이 돼지국밥집이었지. 반가운 마음으로 식당 문을 열었다.

　작은 동네의 배달 전문집이라 손님이 없었다. 텔레비전을 보던 중년의 여주인은 손님이 들어섰는데도 일어나지 않았다. 오히려 나를 보며 냉정하게 말했다. "아가씨, 여기는 국밥만 파는 뎁니다. 다른 메뉴는 없습니다." 순간, 나는 오디션 장에 들어선 기분이었다. 아니, 게임을 하는 기분에 가까웠다. 식당의 주인과 겨루어야만 국밥을 먹을 수 있는 퀘스트인가, 싶었다. 나는 "네. 돼지국밥 하나 주세요." 대답하며 앉았고 주인은 그제야 일어서서 주방에 들어갔다. 밥이 나오길 기다리며 주인의 말을 곱씹었다. '아가씨(여자)'와 '국밥' 사이에는 무엇이 있어서 나는 국밥 먹는 것도 확인을 받아야 했던 걸까? 음식에도 성별이 붙는 것일까?

내게 돼지국밥은 허기질 때 자연스럽게 떠오르는 메뉴였다. 결혼하기 전 친정식구들과 함께 외식을 하면 대개 돼지국밥을 찾았다. 아버지는 자신의 생일상 메뉴로 돼지국밥을 선택할 만큼 좋아했다. 그러니 내게 돼지국밥은 익숙한 음식이었고, 식성이 비슷한 남편과 십오 년을 함께 하며 가장 많이 먹은 음식이기도 했다.

대학 다니던 시절에 학교 선배들과 국밥집에 갔다. 와구와구 정신없이 먹고 있는데 건너편 테이블에서 수육백반을 주문한 남자가 내 쪽의 여자들을 보며 동석한 여자 친구에게 물었다. "너도 저런 거(돼지국밥) 먹을 줄 알아? 여자도 저런 거 먹을 줄 아네?" 여자 친구는 몹시도 당황한 표정을 지었고 역시 동석한 남자의 엄마가 남자를 나무랐다. 나는 자신의 엄마가 돼지국밥 시킨 것은 생각도 않고 말하는 그 남자의 머릿속이 궁금했다.

주인이 곧 가져다 준 국밥은 누린내가 났지만 평균이상

의 맛은 내고 있었다. 배달을 마치고 온 종업원이 곧 가게에 들어섰고 둘은 라면을 끓여서 저녁식사를 시작했다. 나는 밥을 먹으며 구석에 켜놓은 텔레비전을 봤다. 텔레비전에는 2018 평창동계올림픽 개최 100일전을 기념하는 콘서트가 방송되고 있었다. '트랜스픽션'이라는 밴드가 노래를 시작했는데 보컬의 진한 화장을 보고 주인이 한마디를 했다. "남자가 여자처럼 화장을 하니까 오히려 귀신같다." 나는 나도 모르게 "헐!"이라고 중얼거렸다. 우리안의 '남성다움'과 '여성다움'에 대한 생각은 얼마나 얄팍한 것들로 이루어졌는가.

오디션에 통과하겠다는 마음으로 그릇을 싹싹 비우고 일어서서 계산을 했다. 트랜스픽션에 뒤이어 나온 가수 양희은이 '행복의 나라로'를 부르고 있었다. '고개 숙인 그대여 눈을 떠보세 귀도 또 기울이세.' 라는 가사를 들으며 속으로 노래를 따라 불렀다. 우리 안의 편견을 깨고 그리하여 '다들 행복의 나라로 갑시다.'라고.

백일의 카레

    그녀는 스무 살에 고향을 떠나 대학을 다니고 직장에 다녔다. 홀로 살아온 시간이 25년 가까이 되었고 만화책과 소소한 먹거리가 있는 작은 카페를 운영했다. 꽤 씩씩하고 멋지게 살았지만 가끔 외로워 보였다. 그녀에게서 허리디스크로 고생하던 어느 시기에 대한 이야기를 들었을 때 짝이 있으면 좋겠다는 생각이 들었으나 그녀는 이성을 만날 계획이 없다며 어떤 소개도 거절했다.

    그는 혼자서도 아주 잘 지내는 사람이었다. 여러 사이트를 비교검색해서 물건을 저렴하게 샀고 적립, 할인쿠폰을 챙길 줄 알았으며 찜질방이나 만화방, 식당 등에 가서 혼자 시간을 즐겼고 밤에는 길고양이의 밥을 챙기는 훈훈한 '캣대디'이기도 했다. 연애를 거부하진 않았지만 이성 만날 기회를 일부러 찾아다니지도 않았다.

그런 그들에게 '그러던 어느 날'이 생겼다. 친구가 만화나 보러 가자며 그를 데리고 그녀의 카페에 갔다. 셋은 주문한 음식을 먹고 차를 마시며 이런저런 이야기를 나누었는데 그녀가 엉뚱한 농담을 던질 때마다 그는 과하다 싶을 만큼 크게 웃었다.

카페에 방문한 날의 이튿날부터 그는 '필연적으로' 그녀의 카페를 자주 찾았다. 혼자 시간을 보내던 방식 그대로 그는 그녀의 카페에서 치킨카레를 사먹고 만화를 봤다. 달라진 점이 있다면 그녀와 대화를 나눴다는 것인데 이 대화시간은 나날이 늘어갔다. 사실 그와 그녀 사이에는 공통점이 많았고 취향이 비슷했다. 대화가 잘 통했을 것이다.

자그마치 100일이었다. 그는 백일동안 그녀의 치킨카레를 주문해서 먹었다. 사람이 되고 싶었던 신화 속의 곰처럼, 사랑이 되고 싶었던 그는 곰처럼, '필연적으로' 치킨카레를 먹었다. 그리하여, 마침내, 둘은 짝이 되었고 지금 함께 산다. 어쩌다가 이제야 만났을까, 싶을 만큼 그들의 얼굴은 아주 밝아졌고 참으로 예쁘다. '고양이 네 마리'라는 식구를 늘리고 길고양이의 밥까지 챙긴다. 늘 혼자 하던 쇼핑을 같이 하고 틈만 나면 저렴한 항공권을 구매해 잘 가지 않던 여행을 자주 시도하며 가끔 다투기도 하지만 서로를 끔찍이 아끼며 챙긴다. 곰

같은 사랑이 이렇게 무섭다. 백일의 카레가 신화를 만든다.

둘을 놀릴 때마다 우리는 묻는다. 어떻게 하면 그렇게 딱 맞는 인연을 찾을 수 있었냐고. 그는 대답한다. 백일동안 카레만 매일 먹으면 이룰 수 있다고. 그의 말을 듣던 옆에 있던 그녀가 작게 덧붙였다. 사실 라면도 가끔 먹었다고.

오늘 소고기 넣은 카레를 만들었는데 재료의 양 조절에 실패해서 한 솥 가득 채웠다. 남편은 다른 지역으로 일하러 가고 없는데 나는 어쩌자고 이렇게 카레를 많이 했을까. 이 카레를 혼자 백일동안 먹으면 사람이나, 사랑이 되겠지. 그런 생각을 하며 밥을 먹다가 무릎을 쳤다. 아! 요즘은 장기여행을 떠날 때 배우자 먹을 음식으로 곰국 말고 카레를 한 솥 끓인다던데 그런 의미가 있었나? 사람이 되거나, 사랑이 되라고. 달달한 로맨스를 품은 한 마리 곰처럼.

시차 적응 중입니다.

　이래도 되는 것일까, 혼란스러웠다. 작은 마을버스 문을 통해 2단 플라스틱 화분 선반이 올라왔다. 선반은 서 있는 사람들 틈을 비집고 들어오더니 뒷좌석 앞 통로에 놓였다. 그리고 선반과 함께 올라온 60대의 할머니가 그 위에 걸터앉았다. 선반의 다리가 다른 사람의 승하차를 방해했지만 아무도 할머니에게 싫은 내색을 하지 않았다. 오히려 그 선반을 두고 뒷좌석의 할머니들은 선반의 주인을 부러워했다, "물건 좋네, 얼마에 샀능교?" 모두 처음 보는 사이인 할머니 넷의 대화는 각자 집에서 키우는 채소에 대한 이야기로 이어졌다. 선반은 산비탈 어느 정류장에서 느릿느릿 하차했다. 버스에 남아 있던 80대의 할머니가 저 멀리 사라지는 선반을 보며 한마디 했다. "좋~을 때다. 저 나이 땐 저런 게 재밌거덩. 젊을 때, 내도 그랬다꼬. 옥상이 전부 밭이었다꼬." 그러고서 할머니는 정류장이 아닌 곳에서 차를 세워 달라 요청했다.

모두 그런 것은 아니겠지만 마을버스에서 만난 노인들은 자주 그랬다. 정류장에서 만난 이웃과 이야기를 나누고 있었다면 버스를 세워둔 채로 이야기를 모두 마친 다음에 버스에 올랐고, 관절염과 디스크로 고생하는 몸 때문에 엉금엉금 느리게 차를 타고 내렸으며, 좌석에 자리가 다 차면 요금함 앞의 턱 같은 곳에 아무렇게나 엉덩이를 걸치고 앉아서 통행을 방해했다. 그렇게 시간이 지체될 때마다 나는 '정말 이래도 되는 것이냐'고, '이분들은 왜 이렇게 민폐냐'고 아무나 붙잡고 묻고 싶었다. 수정동 산복도로 마을에 이사 온 지 얼마 되지 않을 때였다.

원도심의 산복도로는 보통 '망양로'를 말하는데 우리 동네는 망양로보다 더 위쪽으로, 수정산과 맞닿은 골목에 위치한 달동네다. 아파트가 아닌 단독주택에서 살 수 있다는 말에 홀려서 오긴 했지만 서른다섯 해를 도심의 평지에서만 살던 나는 시차(時差) 때문에 애를 먹었다. 늦게 자고 늦게 일어나는 내 생활 시계는 이 동네와 맞지 않았다. 노인이 압도적으로 많은 이 동네는 그들의 시계에 맞춰 돌아갔는데 가장 가까운 슈퍼는 초저녁에 문을 닫아버렸다. 담장이 붙어 있는 옆집에는 할머니 두 사람이 아침 6시부터 공업용 재봉틀을 돌렸다. 옆집에 찾아가 8시부터 하시면 안 되겠냐고 사정하는 남편의 말에 할머니가 되레 화를 냈다. "그 시간에 눈이 떠지는 걸 우짜라꼬?"

목욕탕도 예외가 아니었다. 오후 3시. 요금을 내고 2층 여탕으로 오르려는데 주인 할아버지가 급히 나와 계단을 먼저 올랐다. 그러더니 여탕에 쑥, 들어가는 것이다. 당황한 내가 문 앞에 멈춰 서성이자 할아버지가 벽에 붙은 스위치를 올리며 말했다. "사람이 없어서 불을 좀 꺼놨거든요…." 그러더니 수줍은 표정으로 내게 물었다. "한증막을 이용하실 겁니까?" 무슨 의미를 담은 질문인지 몰라 우물쭈물했는데 할아버지가 급하게 말을 꺼냈다. "한증막 불도 껐거든요. 사우나 쓰신다카면 뜨시게 불 넣어 드리고…." 세신사는 오전 시간에만 근무하는지 세신 전용 침대는 말끔히 정리가 돼 있었다. 온탕은 찬물로, 고온탕은 미지근한 물로 식어 있었다. 쓱싹쓱싹, 오직 내 때 미는 소리만 나던 고요한 목욕탕은 참으로 황량했다. 그래서 그랬을 것이다. 할머니 둘이 함께 탕에 들어오는 모습이 몹시도 반가웠다. 둘은 아주 천천히 들어와서 서로 몸 씻는 것을 도와주고 탕에 들어갈 때는 서로의 손을 붙들고 걸었다. 할머니들은 단지우유를 나눠 마시며 말했다. "요즘 물건을 하나씩 정리한다. 내 죽고 나서 지저분한 게 나오면 내사 자식들 보기 챙피스러버서." "나도 그래서 이래 자주 씻는다 아이가. 때는 안 나와도 이래 씻어놔야 맴이 편치."

나는 내일을 잘 시작하려고 씻는데 할머니들은 내일을 잘 끝내려고 씻는다. 그제야 내가 이 세계와 시차가 맞지 않았던 이유를 알았다. 개항, 일제강점기, 광복, 전쟁을 거치면서 산복도로에는 지금의 노인들이 일군 이주민의 역사가 새겨졌다. 억척스러운 그들의 삶이 동네 곳곳에 남아 있다. 지금 노인이 된 그들의 시간, 성격, 행동 등은 가난, 이념 등과 싸우듯이 살아온 데서 비롯됐을지도 모르겠다. 노인과 나의 시차(時差)가 다른 것이 아니라 노인과 내가 살아온 시간을 바라보는 시선, 시차(視差)가 다른 것이다. '이래도 되는 것일까'. 나는 오늘도 생각했다. 마을버스를 타기 위해 맨 앞에 줄을 섰는데도 뒤로 밀리다가 결국 가장 늦게 탔으므로. 산복도로 생활 2년 차지만 아직도 나는 시차 적응 중이다.

'봄'이라는 움직씨

"나는 '곰' 같은 이정임입니다. 겨울이 되면 이불을 뒤집어쓰고 온종일 잠만 쿨쿨 자다가 봄이 오면 겨우 일어나 움직이기 때문입니다." 새 학기를 맞아 한 도서관에서 초등부 고학년 독서토론 수업을 진행하게 되었다. 첫 수업 자기소개 시간에 나는 곰에 빗대어 자신을 설명했다. 겨울만 되면 엄청 게을러지고 같이 사는 고양이들과 함께 잠을 많이 자고 거의 움직이지 않아서 그렇다고 했다. 아이들은 '어른이 왜 그러냐'며 거짓말 같다고 깔깔댔다. 나는 진지하게 말했다. 진짠데.

1년 중 두어 달 내가 바짝 움직이는 기간이 있다. 봄꽃 피는 시기다. 매서운 한파를 버틴 매화가 가까스로 꽃잎을 내밀 때쯤 나는 침대에서 내려온다. 엉망이 된 집안을 조금씩 정리하고 치우다가 펑, 펑, 벚꽃이 터지면 본격적으로 바삐 움직인다. 겨울옷과 이불을 세탁하고 집안 곳곳을 재정비하고 청소하고 집 안에 있던 화분을 옥상으로 내놓고 들여다본다. 해야 할 것들을 체크해서 계획을 세우고 밥을 해 먹기 시작하고 구석에 처박아 둔 영양제도 챙겨 먹는다. 가만히 땅속에 뿌리내리고 있던 식물이 봄을 맞아 온 힘을 다해 움직이는 것처럼, 침대 속에 발 뻗고 숨죽이던 내 신체도 '움직씨', 즉 '동사' 그 자체로 변하는 것이다.

　봄이 되면 동사로 변하는 게 또 있다. 바로 고양이다. 햇볕 좋은 옥상에 젖은 이불을 들고 올라가면 함께 사는 고양이, 고래가 따라나선다. 작년 여름에 남편이 옥상의 가장자리에 철망으로 울타리를 친 다음부터 우리 집 고양이들은 옥상까지의 산책이 가능해졌다. 심심하면 혼자서도 곧잘 나가 옥상을 한 바퀴 돌고 들어오는데 주인과 함께 나가는 것이 좋은지 내가 옥상에 가는 기척을 느끼면 자다가도 벌떡 일어나 따라온다. 그런 고래라 해도 겨울에는 옥상에 가서도 가만히 웅크리고 앉아있다 금방 돌아오기 일쑤였다.

　내가 이불을 너는 동안 고래는 태양에 달궈진 옥상 바닥에 누워 데굴데굴 굴러다닌다. 이리 뒹굴, 저리 뒹굴, 뜨끈뜨끈한 열기로 몸을 데우다가 내가 옥상 화분들을 들여다보고 물을 주기 시작하면 가까이 다가와 심어놓은 캣그라스(귀리와 밀 등의 싹. 고양이의 스트레스 완화와 속으로 삼킨 털 뭉치인 헤어

볼을 배출하는 데 좋다)를 뜯어 먹는다. 화분 보기를 끝내고 나면 커피를 한 잔 내려서 옥상 차양 아래에 앉아 쉬는데 그동안 옥상 여기저기를 뛰어다닌 고래는 쏟아지는 햇볕의 한가운데 앉아서 꾸벅꾸벅 존다. '봄은 고양이로소이다'라는 제목으로 사진을 찍는다면 저 장면이 아닐까 싶다.

고양이에게 일광욕은 보약이다. 햇빛을 쐬면서 비타민 D를 합성하고 털도 살균한다. 햇빛은 피부의 곰팡이를 없애 주고 우울증 예방에도 도움이 된다. 고양이에게만 보약일까. 식물도 사람도 저 봄 햇살에 이렇게까지 움직이는데. 내가 겨우내 무기력과 우울증에 시달리는 이유도 따지고 보면 햇빛 때문이다.

고등학교 다니던 시절 새벽에 나가서 밤늦게 돌아오던 나는 겨울이 지독히도 싫었다. 해가 짧은 계절이라 유일하게 바깥 생활이라 할 만한 등하교 시간은 온통 어둠이었기 때문이다. 다 말리지 못한 머리카락이 차갑게 얼어붙던 우울한 새벽이 떠올라서 그 뒤 이십 년 동안 겨울을 앓았다. 겨울만 되면 오후 6시도 못 되었는데 컴컴해지기 시작하는 하늘이 야속해서 마음이 더 빨리 어두워졌다. 그런 내게 해가 길어지는 봄이 왔으니 어찌 움직이지 않을 수가 있겠는가. 꽃잎보다 더 빨리 날아가고 고양이보다 더 빨리 굴러야지.

강의실을 돌아다니며 아이들이 골똘히 쓰고 있는 자기소
개를 훔쳐본다. '게임만 생각해서 '게임' 같다는 누구누구…, 먹
을 것만 생각해서 '돼지' 같다는 누구누구…' 나는 속으로 '아이
들이 왜 그러냐'며 섭섭해진다. 너희는 저 나무를 간질이는 바
람 같거나, 이 세상 어디든 목적지 없이도 흥미롭게 둥둥 떠가
는 민들레 씨앗 같거나, 큰 바다 향해 살얼음을 깨고 용감하게
흘러가는 시냇물의 윤슬 같은 아이들인데. 그러다 깨닫는다.
아, 지금은 토요일 오후 2시지. 저 봄 햇살이 얼마나 따뜻한지
알 수 없는 이 건물 속에 너희를 붙박아두고 창밖의 봄 햇살
을 상상하길 바라다니.

날이 좀 더 따뜻해지면 아이들과 야외로 나가 수업해야
겠다. 존재 자체가 움직씨인 아이들이 "나는 봄입니다!" 외
칠 수 있도록. 꽃잎보다 가볍고 고양이보다 재빠른 동사가
될 때까지.

싸우지 않는 고수

　문학관 근무를 마치고 도시철도역까지 걸어가는데 한 아
주머니가 지나가는 사람들에게 명함을 돌리며 뭔가를 부탁한
다. "건강하게 살아야 하지 않겠습니까. 여기 한 번 오세요.
어디냐면…." 아주머니는 행인을 집요하게 따라다니며 건강
용품점을 홍보한다. 나는 아주머니를 길동무로 삼고 싶지 않
아서 일정 거리를 유지하며 걷는다.

　그때, 맞은편에서 심상찮은 기운을 내뿜는 초로의 여인
이 다가온다. 아주머니는 놓치지 않겠다는 표정으로 여인에
게 다가간다. "우리 어머니, 건강하게 사셔야지예? 여기 한 번
오이소." 여인은 아주머니의 호들갑에도 동요하지 않고 명함
을 읽는다. 그리고 의미심장한 미소를 지으며 아주머니의 왼
팔을 가볍게 붙잡고 말한다. "아줌마, 우유 하나 받아 드이
소." 아주머니가 당황하자 여인이 덧붙인다. "건강할라믄 우

유를 자셔야지. 내한테 신청하면 사은품도 있어요." 아주머니
는 지금 받아먹는 우유가 있다고 결계를 쳤지만 여인은 그렇
다면 다음 달부터 새로 신청해서 마시라고, 사은품도 받고 이
득이라며 아주 쉽게 봉인 해제한다.

　　초로의 여인은 고수임이 분명했다. '관계 맺고 끊기'의 고
수. 사람들 사이에 기 싸움이 일어나는 순간 능력을 발휘해 해
결하는 사람 말이다. 실생활에서 만나는 고수들은 모두 내 상
상 밖의 이야기를 만들어낸다.

　　며칠 전 볼일을 마치고 마을버스 정류장으로 가는데 빗
방울이 떨어지기 시작했다. 예보에 없던 비라 사람들의 마음
은 바빠졌다. 옥상에 널어놓은 빨래 걱정이 우선일 것이다.
버스가 오자 사람들이 급히 올랐다. 60대로 보이는 아저씨 한
명이 통화를 하며 타느라 늑장을 부렸다. 아저씨 뒤에 있던 아
주머니가 급한 마음에 아저씨의 등을 슬쩍 밀었다. 순간, 아
저씨가 홱, 돌아보며 소리를 질렀다. "당신! 방금 내 밀었소?
사람을 와 미요?" 아저씨는 버스에 오르고 나서도 미안하다고
사과하는 아주머니에게 계속 화를 냈다. 결국 80대의 할아버
지가 "내 보기엔 당신도 잘못했네. 그냥 조용히 갑시다!"고 말
했다. 아저씨는 할아버지에게 '당신'이 뭔데 간섭이냐고 화를
냈고 할아버지는 외쳤다. "야, 니는 아부지도 없나?" 이 한마

디에 버스 안이 쑥대밭이 되었다.

공교롭게도 나는 아저씨와 할아버지의 사이에 서 있었는데 내 어깨 너머로 아저씨의 팔이 휙휙 뻗어나갔다. 나는 경찰에 신고를 하려고 휴대전화를 찾았다. 그러는 동안 버스 속의 할머니들이 조용히 나섰다. 그들 중 몇은 몸싸움을 하지 않도록 할아버지의 뒷덜미를 잡고 "고만하라고 할 때 고만할 것이지. 싸울라면 내려서 싸우소!" 라고 외쳤다. 아저씨의 앞에 앉아 있던 할머니는 "내가 심장병이 있어가 지금 심장이 벌렁거린다, 내 쓰러지기 전에 고마 하소." 하고 말했다. 그러자 저편에 앉아있던 할머니가 우수에 젖은 목소리로 말했다. "갑자기 비도 오고, 사람 마음은 바쁘고… 아저씨가 화날 만하지. 그래도 사람 많은데 싸우다 다치면 우짜겠노." 아저씨의 목소리는 조금씩 잦아들었다.

버스에서는 싸움이 안 되겠다 여겼는지 결국 아저씨는 정류장에 정차하자마자 문 앞에 서서 할아버지를 향해 따라 내리라고 말했다. 그러자 심장병 할머니가 "내 쫌 내립시다!" 외치는 바람에 아저씨는 얼떨결에 먼저 내리게 되었다. 할아버지는 호기롭게 나섰지만 할머니들에 다시 붙잡히는 통에 내리지 못했다. 버스는 출발했고 싸움은 그렇게 끝났다. 경찰 부르지 않고 사건을 해결하는 할머니들의 실력에 감탄할 수밖에 없었다.

웹툰 '고수'의 주인공 '강룡'은 스승님의 원수를 갚기 위해 세상에 돌아오지만 그 원수는 이미 죽었다. 그리하여 그는 만듯가게의 통통하게 살이 오른 배달실장이 된다. 그는 끊어진 다리가 놓인 절벽 사이를 가뿐하게 넘고 물 위를 쉽게 걸으며 만두가 식기 전에 배달지에 도착한다. 그의 이 가공할 만한 실력은 사람과의 '관계'에서 비로소 빛을 발한다. 만두를 주문한 노동자들이 산사태로 굴러온 바위가 길을 막아 곤란을 겪으면 바위를 격파해주고, 악당을 만나 위기에 처한 여인을 구하며, 가난한 집 아이들에게 만두를 챙겨 먹인다. 악당에게 혼을 내더라도 죽이지는 않는다. 자신의 힘이 얼마나 큰지, 어떻게 써야 하는지 알기 때문이다. 강룡 같은 고수를 실생활에서 찾는다면 저 할머니들이 아닐까. 작은 체구로 여유롭게 관계를 조율하는 저 솜씨. 아무래도 나는 따라갈 수 없는 경지다.

2. 산타도 자기 집에서는
   현관문을 이용합니다

온탕은 싫어요!

엄마와 목욕탕에 갔다. 온탕 속 다섯 살 여자아이가 마구 고함을 질렀다. 물이 뜨거워서였다. 정말 온탕은 마녀의 솥처럼 뜨거운 김이 오르고 있었다.

어린 시절의 나는 온탕에 잘 들어가지 못했다. 물이 무서웠고 뜨거운 게 싫었기 때문이다. 설을 앞둔 날 저녁, 엄마와 동생과 목욕탕엘 갔었다. 나는 넓은 냉탕 가에 앉아 찬물을 만지고 있었고 동생은 텅 빈 열탕 속에 들어가 놀고 있었다. 동생이 미끄러져 다친 것은 한 순간이었다. 동생의 이마에서 피가 솟았고 엄마는 급히 옷을 입고 동생과 나갔다. 목욕비가 아까워 남겨진 나는 난생 처음 보는 옆자리의 아줌마 손에 맡겨졌다. 아줌마는 다짜고짜 날 온탕에 밀어 넣었다. 숨막히는 물속에서 난파선 위의 고아가 된 심정으로 천장을 올려봤다. 수증기가 모여 생긴 물방울만 뚝, 뚝, 얼굴로 떨어졌다. 수십 개의 파도를 넘어 집으로 돌아왔지만 찢어진 자리에 바늘까지 찔러 넣어 고생한 동생 앞에서는 내 고난 따위, '쨉' 도 되지 않았다.

　　온탕을 뛰쳐나온 아이가 자기 언니를 껴안고 서럽게 울기 시작했다. "푹, 담가라!" 다리만 담근 내게 엄마가 소리 질렀다. "아이고, 엄마도 참?!" 너스레를 떨며 물속에 들어갔지만 참, 뜨거웠다. 우는 아이에게 내가 다 이해한다, 꼭 말해 주고 싶었다.

물 위의 하룻밤

거제도 근포의 해상낚시터를 찾았다. 오후의 바람이 파도에 부서지는 마을. 해가 녹아드는 바다 위로 집 두 채가 떠다녔다. 영화 '섬'에 나온 것의 업그레이드 버전이랄까. 화장실, 싱크대가 있고 난방시설도 갖춘 곳이었다.

우리는 마구 떠들며 낚시를 하고 라면을 끓여 먹고 술을 마셨다. 배가 지날 때마다 바다가 기울고 낚시터가 울렁거리고 몸이 기우뚱거렸다. 멀미에 낮술이 더해져 금방 취기가 올랐다. 취한 우리는 쓸데없는 농담을 했고 농담의 끝에는 망상어, 청어, 붕장어가 낚여 올라 왔다. 회와 매운탕, 숯불에 구운 삼겹살까지 먹으면서 우리는 먹으러 온 것인지 낚시하러 온 것인지 조금 헷갈렸다. 어쨌거나 즐거운 마음은 태평양까지 헤엄쳐갔다.

카드 게임하는 이들을 뒤로하고 먼저 들어와 잠자리에

들었다. 움직이는 바닥이 내는 이상한 소리에 잠을 설쳤다. 꼭 물귀신이 기다란 손톱을 세워 바닥을 긁고 있는 것 같은 느낌. 몸을 웅크려 옆으로 누웠다. 바다 아래에는 물고기들이 집을 떠받치고 있겠지. 그 아래엔 아까 녹아든 해도 잠들어 있을 거고. 여러 생각 끝에 몸이 기울고 바다가 기우뚱거렸다. 그 순간, 엄마 뱃속에 있는 것처럼 잠이 막 쏟아졌다.

잠든 태양을, 펄떡이는 물고기를, 별빛이 반들거리는 이 세상을, 이 모두가 담긴 집 한 채를, 등에 짊어지고 꿈속을 걸었던, 물 위의 하룻밤.

이적의 '서쪽 숲'

2004년은 지독했다. 나는 대학을 갓 졸업한 '철없는' 어른이었다. '쿨(cool)'한 글을 쓰고 싶었으나 작가가 될 수 있다는 자신감은 없었고 '핫(hot)'한 회사에 취직하기에는 가진 능력이 턱없이 부족했기 때문이다. 청년실업 문제가 대두될 때였고 개인적으로 맞닥뜨린 여러 문제들이 더해져 육체적, 정신적으로 큰 몸살을 앓았다.

능력 없고 재능 없다고 패배자로 낙인찍히긴 싫었다. 봄부터 공무원 양성 전문 학원에서 백여 명의 학원생들과 나란히 앉아 매일 한 과목당 다섯 시간씩 수업을 들었다. 오후에는 시립도서관에서 하루 네 시간씩 서가의 책을 정리하는 아르바이트를 했다. 공부와 병행하기에 좋은 '알바 자리'라고 생각했는데 틈만 나면 소설코너를 기웃거리면서 작가에 대한 열망만 더 키웠다.

나 어릴 적 어머니는 말했죠. 저기 멀리 서쪽 끝엔 숲이 있단다.
그곳에선 나무가 새가 되어 해질 무렵 넘실대며 지평선 너머로 날
아오른단다.(중략)
커갈수록 사람들은 말했죠. 어디에도 서쪽 숲 같은 건 없단다.
너는 여기 두 발을 디딘 곳에 바위틈에 잡초처럼 굳건히 버티며 견
뎌야 한단다.
오, 내 어머니 오, 난 가지 못했죠. 오, 난 여기서 언젠가 언덕을 넘어
떠나고 말리라 노래만 부르겠죠.

-이적 <서쪽 숲>, 솔로 2집, 2003

반납된 책을 정리하고 난 뒤엔 창가에 서서 건너편으로
펼쳐진 숲을 내다보곤 했다. 그리고 가수 이적의 〈서쪽 숲〉
이란 노래를 들었다. '나무가 새가 되어 날아오르는 서쪽 숲'
을 보고 싶지만 이곳 생활을 버릴 용기도, 언덕을 넘어가 숲을
보게 될 거란 확신도 못 가진 채 노래'만' 부르는 쓸쓸함을 알
것만 같아 괜히 서러웠다. 매미 울음소리를 들으며, 빗방울이
나무줄기를 검게 물들이는 것을 보면서, 나는 머릿속으로 '서
쪽 숲'에 대한 소설을 만들기 시작했다.

'그 해 여름, 나는 얄팍한 종이상자에서 살고 있었다.' 이
렇게 시작하는 중편소설을 완성하긴 했지만 어디에도 발표
하지 못했고(아마 못할 것이고), 나는 공무원도 되지 못했다.

하지만 철없는 어른인 채 매일 '서쪽 숲'을 꿈꾸는 일이
이젠 슬프지 않다. 가거나 보지 못한다고 해서 내 신세가 처량

한 것은 아니니까. 이곳에 남아서도 얼마든지 '숲'에 대한 이야기를 만들어 낼 수 있으니 말이다.

불면

뾰족해서 서늘한 공기가
머리 위에 소복이 쌓였다.
그게 무엇으로 변할지 몰라
밤새 한 숨도 자지 못했다.

불면2

여름 게으름 구름 이름 흐름 보름…
소름 노름 지름 고름 주름 거름 마름
비름 부름 늠름 아름 필름 씨름 다름 심부름 너름 오름
빠름 여드름 시름…
잠이 안와서 하는 뻘 짓…
'름'으로 끝나는 단어 찾기.
당신도 어느 샌가 그것을 찾고 있겠지!

큰집 생각

송도가 고향이다. 횟집을 운영하는 큰집에서 태어나 그 근처의 단칸방에서 서너 살까지 살았다. 그 후 연지동으로 이사를 왔는데 송도에서 살던 시절의 기억이 꽤 남아있다.

그곳에서 살던 삼사년 동안 나는 아들만 셋을 키우는 큰집의 귀한 딸 대접을 받았다. 나를 늘 업고 다니셨던 큰아버지는 내가 연지동으로 이사한 뒤로 눈에 밟혀 그 먼 거리를 달려오시기도 했다.

막내 오빠에게 덤비고 어른들에게 떼를 썼던 기억으로 보아 아마 그곳에서 계속 자랐다면 엄청나게 버릇없이, 소설 따위 안중에도 없이 살았겠다, 생각한다.

이사를 하고 명절 때만 뵈러 갔으므로, 내성적인 내가 철이 들기 시작했으므로 큰집 식구들 앞에서는 데면데면 굴었다. 그래도 큰어머니는 늘 새 옷을 장만해서 입혀보셨고 큰아버지는 묵묵히 나와 동생을 데리고 슈퍼에 가서 비싼 과자를 하나씩 고르도록 하셨다.

내가 다른 친구에 비해 상대적으로 가난하다는 것을 알고는 있었지만 큰집이 있었기 때문에 마음 한구석에 넉넉한 여유를 가지고 살았다고 생각한다. 좁은 단칸방에 살았더라도 큰집만 가면 누구의 마당보다 넓은 송도 앞바다가 펼쳐졌으니까. 택시를 타고 큰집에 갈 적마다 엄마는 "송도 구름다리 건너편에 이사장으로 가주세요" 라고 했는데 그 말이 참 몽글몽글하게 들렸다.

넉넉한 여유가 있는 그곳에 구름다리가 있다니. 우리 큰아버지는 이 씨라서 '이 사장님'인데 와, 이사장이라고 하면 기사도 거기까지 아는구나. 뭐, 그런 조금은 부끄러운 생각들을 했었다.

큰어머니가 돌아가셨다. 큰아버지는 모든 가족을 이끌어주는 별 같은 사람이 가버렸다며 우셨다. 내게는 우리 엄마보다 강한 여장부셨다. 떨어져 산 지 오래 되었으니 그리 슬프지 않을 것 같았는데 여러 가지 기억들이 자꾸 떠오르고 마음 한 켠이 저릿하다.

내가 구름다리를 건너 멀리 떨어져 나왔다는 것을 이제야 새삼 실감하게 되었달까. 내가 책을 좀 일찍 내면 좋았을 텐데.

부디 좋은 곳으로 가시길. 살아계실 때처럼 가족들의 머리위로 별이 되어 지켜주시길.

중환자실에서 의식이 없는 큰어머니의 손을 잡고도 차마 하지 못했던 말이다.

그동안 감사했습니다.

삼시세끼
-하루를 제대로 살아가는 일

"차승원이 가는 키만 크고 뺀질뺀질해서 영 파이드만, 아이드라. 손이 그래 야물더라꼬. 지 혼자 살라캐도 살겠드라, 가는." 평일 오후의 좌석버스는 사람이 적고 조용해서 옆 자리 아주머니들의 대화가 모두 들린다. 텔레비전 예능 프로그램 〈삼시세끼〉가 요즘 인기폭발이라더니 중년의 여성들에게도 입소문이 났나보다. 〈삼시세끼〉는 섬마을에서 자급자족하는 형식으로 하루 세끼를 해결해야하는 프로그램인데 배우 차승원의 요리솜씨가 예사롭지 않다. 그는 홍합짬뽕, 해물찜, 어묵탕 등을 척척 만들더니 급기야 '오렌지마멀레이드와 프렌치토스트'라는 제작진의 기상천외한 메뉴 요구에도 여유롭게 빵을 구워냈다. 삼시세끼를 직접 만들어 먹는 일. 요즘 나는 그것이 참으로 대단한 일이라고, 새삼 감탄하고 있다.

성인이 된 후, 나는 세끼를 챙겨 먹는 일이 얼마 없었다. 취업준비생 시절에는 삼각김밥점심과 소주안주저녁을 먹는 '장난 같은 두 끼' 생활을 했다. 학원 등을 오가며 일을 할 때에는 하루 종일 굶은 채로 믹스커피를 마셔가며 수업을 하고 저녁에 한꺼번에 몰아먹는 '넘치는 한 끼' 생활을 했다. 결혼 이후에는 그나마 조리대 앞에 섰는데 라면 등으로 낮 끼니를 대충 때우고 저녁 한 끼를 차려 식구와 함께 먹은 다음, 부실한 영양을 야참으로 채워먹는 '불온한 세 끼'였다. 그러니 '잠꾸러기에 야참에 욕심이나 내고 저질체력을 가진' 내게 제대로 차려 먹는 삼시세끼란, 다음 생에나 가능한 일이었다.

그런 내가 바뀌어야 했다. 몸이 아픈 엄마와 함께 살면서다. 일찍 일어나 하루를 시작하는 엄마의 시간표와 새벽에 글을 쓰고 오후까지 잠을 자는 내 시간표는 너무 달랐다. 엄마가 아침을 먹으려면, 엄마가 부엌일을 못하게 하려면 내가 먼저 부엌에 들어가 있어야 하므로 일찍 일어나야 했다. 겨우겨우 아침을 지어 먹고 나면 금세 점심, 간단히 점심을 지어 먹고 집을 좀 정리하고 나면 저녁때다. 아아, 신이시여! 밥 때는 왜 이렇게 빨리 찾아오는가요?

처음에는 하루 세 끼 지어 먹는 일이 힘들어 엄마를 꼬드겨 짜장면을 시켜 먹거나 라면 등을 먹기도 했다. 지금도 살림살이에 서툴다. 하지만 새삼 스스로의 생활을 돌아보게 되었다. '돈 버는 일은 먹고 살자고 하는 일'인데 지금까지의 나는 생각 없이 엉망으로 먹으며 살아왔다. 끼니에 대한 걱정이 없으니 늦잠을 잤고 제대로 된 생활에 대한 이해가 없으니 소설에 대한 생각도 없이 멍청하게 시간을 보낸 것이다.

나는 내가 부족한 사람이라는 것을 인정하기로 했다. 난 원래 새벽에 글을 써야 잘 쓰는 타입이야, 그렇게 말하고 다녔지만 게을러서 글 쓰는 일을 미루고 미루다 밤늦게 자판을 두드리고 있는 것일 뿐, 내 생활의 규모와 영양가를 살펴보지도 않고 단정 지어버린 것이었다. 하루 세끼를 고민하니 냉장고와 부엌과 집안 살림과 가족의 건강 등을 생각하게 되었다. 동시에 그것과 내가 하는 글 쓰는 일이 어떻게 조화를 이루어야 하나 고민하게 되었다. 그러자 귀찮아서 들여다보지 않던 어질러진 방이 눈에 들어왔다. 체력이 부족해서 일을 미루게 되므로 운동의 필요성을 느껴 공원 산책을 시작했다. 그리고 마침내, 소설을 어떻게 쓸 것인가, 계획을 세우고 있다.

생활을 제대로 살아내는 이 일은 아직도 갈 길이 멀다. 봄, 다들 대청소를 준비하고 있을 것이다. 하지만 나는 알고 있다. 대청소, 라고 소리 내어 말하는 순간 내 못된 마음은 청소를 거절할 것이라고. 청소할 때 하루 삼십 분씩만 더 들여 조금씩 해결해나가자고 다짐한다. 직업과 남의 이목에 휘둘리지 않고 내가 할 수 있는 최적의 상태를 선택하는 것. '제대로 된 내 생활'을 만들어가는 일을 삼시세끼를 지어먹으며 배우고 있다.

그 칼국수들은 다 어디로 갔을까

　남편과 칼국수를 먹으러 갔다. 우리 부부의 단골집은 거제시장에 있지만 수정동으로 이사 온 후로는 비교적 가까운 영주시장을 찾는다. 영주시장은 지금껏 가 본 시장 칼국수 집들 중에서 가장 허름하고 퇴락한 분위기지만 50년 전통의 칼국수만큼은 맛있고 푸짐하고 저렴하다. 나는 칼국수를 정말 좋아하는 사람이다. 허기 질 때, 추울 때, 비올 때, 맑을 때, 혼자 밥 먹을 때, 몸이 아플 때, 칼국수를 먼저 떠올렸던 것을 얼마 전에야 알아차렸다.

　시원한데 뜨끈뜨끈한. 말도 안 되는 이 표현 말고는 맛아떨어지는 수식어를 못 찾을 육수 맛도 좋지만 칼국수 맛의 팔할은 면발의 쫄깃함이 차지한다. 면발이 너무 얇으면 씹는 재미가 없고 너무 두꺼우면 고무줄 씹는 기분이다. 적당히 간이 밴 면발을 한 입 가득 넣고 씹는다. 어금니에 끈질기게 붙

었다 떨어지는 쫄깃한 면의 찰기 때문에 이뿌리까지 간질거
린다. 그때부터 나는 다리까지 떨어가며 신나게 젓가락을 놀
린다. 마지막에 그릇째 들고 국물을 마시면 으아ㅡ, 아재 소
리가 절로 나온다. 배는 부른데 왠지 아쉬운 마지막 한 모금.

어린 시절 가게 일이 바쁜 날이면 나는 권장소비자가격
350원짜리 칼국수 한 봉지를 사오는 심부름을 했다. 엄마는
그것으로 간단한 저녁을 만들었다. 면은 뚝뚝 끊어지고 동봉
된 '소고기 다시다'로만 간을 하는, 라면과 다를 바 없는 그것
을 나는 참 맛있게 먹었다. 왜였을까, 생각해보니 엄마가 담근
신 김치와 여러 채소, 계란, 면에 묻은 전분까지 넣어 걸쭉하
게 끓여냈기 때문이었다. 나는 그 국물에 밥을 말아 먹었다.
아삭하고 새콤한 김치와 고소한 계란 맛이 좋아서 입이 짧던
그 시절의 나도 한 그릇쯤은 너끈히 해치웠다.

제대로 된 칼국수를 맛본 건 한참 뒤였다. 고등학교 다닐
적 짝의 부모님은 범일동 중앙시장에서 손칼국수집을 운영하
셨다. 토요일이나 모의고사를 친 날에는 친한 친구 여럿이서
그 칼국수 가게에 우르르 몰려들었다. 그러면 짝의 부모님은
푸짐하게 칼국수를 내주셨다. 나는 처음 알게 된 수타 면발의
쫄깃함과 사랑에 빠졌다. '냉콩칼국수'도 그때 처음 먹어봤다.
돈을 내야 들어갈 수 있었던 시장의 공중화장실까지 처음 봤

으니 짝의 집은 내 '첫 경험'이 잔뜩 녹아있는 장소기도 하다. 호기심이 왕성한 십대답게 우리는 짝의 집에서 연소자 관람 불가의 비디오를 보기도 했다. 그런 날이면 짝의 아버지는 집까지 손수 칼국수를 배달해주시고 야한 비디오 보는 것 따위 '쿨'하게 넘겨주셨다. 레오나르도 디카프리오의 베드신 때문이었는지, 아버지와 딸이 모든 것을 솔직하게 털어놓고 지내는 낯선 풍경 때문이었는지, 칼국수를 먹던 그날의 내 심장도 면발처럼 쫄깃해졌다.

시집 간 짝은 먼 타지에 살고 있고 아픈 엄마는 요양원에 있으므로 친구네 칼국수와 엄마의 김치 칼국수는 더 이상 먹을 수가 없다. 50년이나 된 칼국수도 이렇게 먹을 수 있는데 내 나이만큼도 안 된 그 칼국수들은 다 어디로 갔을까. 가슴만이 기억하는 그 맛을 찾을 길이 없으니 앞으로 떠올릴 칼국수의 기억을 새로 남길 수밖에. 그래서 나는 남편에게 말했다. 당신 칼국수 좀 노나 묵자, 한 입만.

사람을 홀리는 맛

날이 춥다, 아니 '차다'. 겨울방학에는 따뜻한 아랫목에
배 깔고 만화책을 쌓아놓고 뒹굴 거려야 제대로 노는 기분이
었다. 손바닥이 노래질 때까지 귤을 까먹고 붕어빵, 호빵, 군
고구마를 사먹으려고 추운 밖으로 뛰어나갔다. 어른이 되고
보니 붕어빵은 잉어빵으로 바뀌었고 호빵은 편의점까지 가
거나 집에서 직접 쪄 먹어야 한다. 번거롭긴 하지만 다행히
도 맛은 거의 변함없다. 하지만 군고구마는? 드럼통 속을 구
르며 장작불에 까맣게 익어가는 군고구마를 이제는 보기가
힘들다.

몇 해 전 문현 교차로에서 파는 곳을 발견했는데 오천 원
을 훌쩍 넘기는 가격을 듣고 깜짝 놀랐다. 이럴 수가. 군고구
마가 아니라 금고구마가 되었구나. 그 밤, 이상한 배신감에 휩
싸여 바로 옆 포장마차에서 파는 떡볶이를 철근같이 씹어 먹

었다. 알고 보니 수입이 되지 않는 고구마 가격이 올라서 길거리 군고구마는 사라지고 백화점이나 편의점에서 파는 군고구마가 생겼다고 한다. 백화점에서는 오븐에 구운 고구마를 100그램 당 1500원에, 편의점에서는 석쇠에 구운 고구마를 개당 1500원 정도에 판다. 이렇게 해서 군고구마는 사계절 내내 먹을 수 있게 되었다. 재작년 엄마가 대학병원에 입원했을 때도 군고구마 장수를 봤다. 유월이었는데 병원 입구의 트럭에서 가스불로 고구마를 균일하게 익혀 팔았다. 환자들의 영양 간식으로 환영을 받는 모양이었다. 몇 개를 사서 엄마와 나눠먹었다. 하지만 한 겨울 사먹던 그 맛이 아니었다. 호호 불면서 식혀먹는 '겨울바람 맛'과 장작이 내는 '나무불 맛'이 빠져 있었다.

2017년 들어 내가 첫 번째로 배우는 일은 난로에 불붙이기다. 수정동 산복도로에서 맞는 첫겨울, 나는 지금 참나무 장작과 씨름을 하고 있다. 우리 부부는 아파트가 아닌 주택에서 살길 꿈꿨다. 작년에 운 좋게 지금 사는 집을 알게 되었고 인테리어 사업을 하는 남편이 리모델링을 했다. 살림과 사무실을 겸하는 공간으로 꾸미긴 했는데 집의 절반은 원래 가게였던 자리라 난방시설이 없었다. 나는 추위를 많이 타는 사람인데 하필 가게 자리에 딸린 다락방을 서재로 만드는 바람에 늦

가을부터 시작된 추위에 매일 징징거렸다. 그럴 때마다 남편은 가정용 화목난로에 불을 피웠다.

화목난로에는 고구마를 구워 먹을 수 있는 동그란 서랍이 있다. 잘 마른 장작을 겹쳐놓고 불을 붙인 후 불의 세기를 보면서 연통의 바람구멍을 조절한다. 불이 자리를 잡으면 고구마를 넣는다. 난로 앞에 한 번 앉으면 시간 가는 줄 모른다. 너울거리는 불꽃의 춤에 홀려서 아무 생각 없이 그것만 바라보기 때문이다. 문득 정신이 돌아오면 고구마를 뒤집는다. 그리고 다시 앉아 불꽃에 홀린다. 분명 일하려고 난로에 불 붙였는데 어느새 불 보려고 일하는 분위기다.

고구마 속에서 나온 달콤한 즙이 고구마 껍데기에 들러붙어 끈적끈적하게 타면 거의 익었다는 뜻이다. 하나를 꺼내 껍질을 깐다. 노랑, 노랑, 익은 속살에서 나오는 김이 뜨겁다. 나는 요즘 군고구마를 우유와 함께 먹는 재미에 빠져있다. 뜨겁고 달콤한 고구마와 차갑고 고소한 우유의 조화가 꽤나 훌륭하다. 사람을 홀리는 이 겨울의 맛이라니. 역시 군고구마는 겨울바람맛과 장작불 맛으로 완성된다.

과정을 먹습니다

삐이―, 하는 심상찮은 경고음이 들렸다. 눈을 뜨자 집안이 뿌연 연기로 가득했다. 싸락싸락, 단단하고 자잘한 것들이 어떤 물체의 벽면을 긁는 소리가 들렸다. 곰용 씨, 하고 남편을 불러보았다. 왜? 하고 주방에서 심드렁한 목소리가 들렸다. 문을 열고 나갔더니 남편은 나무 주걱으로 웍을 휘젓고 있었다. 삐이―, 과도한 열을 감지한 가스렌지가 경고음을 내면서 꺼졌다. 동시에 타닥닥, 웍에서 무언가 튀는 소리가 들렸다. 아, 오늘은 커피를 볶는 날이구나.

일 년 전 이사를 오고 나서 남편은 커피를 직접 볶기 시작했다. 나는 음식을 만들 때 인터넷이나 책 등을 통해 사전 조사를 하는데 남편은 알 만한 사람에게 직접 물어보고 바로 시도한다. 주변에 커피가게를 하는 분을 통해 대략의 과정을 듣더니 그날로 생 원두를 사와서 볶았다. 그에게는 몇 그램,

몇 분 등의 정확한 수 계산이 없다. 몇 번의 로스팅 경험으로 그가 제시하는 레시피는 부부가 일주일 정도 먹을 분량인 '두 주먹', 맛있을만한 '색상과 수분'이다. 다짜고짜 시작한 그의 첫 커피는 덜 볶아서 신 맛이 강했다. 그래서 나는 그 커피를 마실 때마다 투덜거렸다. 그랬던 커피 맛이 얼마 전부터 근사해지기 시작했다. '커알못(커피를 알지 못하는)'인 내가 마셔도 맛의 차이를 느끼게 된 것이다. 둘이 마주앉아 커피를 마시는 동안 남편은 자신이 알게 된 요령을 설명했다.

방과 후 학교에서 저학년 아이들과 편을 갈라 윷놀이를 하고 글쓰기를 진행한 적이 있다. '공책에 연필로 쓴 그날의 기록'이라는 결과물이 중요했던 나는 아이들을 닦달하며 글쓰기를 재촉했다. 놀이를 하고나서 느꼈던 감정도 적어보라고 했는데 아이들 중 한 명이 '져서 속상하다. 다시는 안 해'라고 썼다. 그러자 다른 아이가 말했다. "속상한 일이 아니다. 우리 엄마가 재미나려고 놀았으니까 재밌었으면 된 거랬다. 마지막에 이기고 진거는 중요한 게 아니랬다." "맞네. 우리 윷놀이 하면서 많이 웃었잖아." 아이들이 자신의 공책에 지우개질을 시작했다. 결과만 강조하던 나는 아이들이 즐긴 과정을 놓친 것이다. 금세 부끄러워졌다.

아파트에 살던 시절의 나는 매일 1층으로 내려가 저렴한 가격의 테이크아웃 커피를 사마셨다. 커피를 좋아한다고 공공연히 말하고 다녔지만 그때의 나는 '커피'를 산 것이 아니라 '카페인'을 사 마셨다. 글을 쓰거나 누군가를 만나기 위해 커피를 활용했다. 커피 자체에 집중한 적은 없었다. 그런데 남편이 볶은 커피를 마시고나서는 좀 달라졌다. 볶은 커피콩을 그라인더에 넣고 분쇄한다. 적당히 식힌 온수를 커피가루가 담긴 여과지에 천천히 부어가며 커피 물을 우린다. 커피를 마시면서 다른 날의 맛과 차이가 있는지 생각해본다. 맛이 있고 없고는 중요한 일이 아니다. 늘 결과물만 중요하게 생각하던 내가 커피 마시는 이 과정을 재밌게 느낀 것이다. 과정을 생각하며 먹으니 무분별하게 마셔댔던 커피소비량도 많이 줄었다.

과정을 먹는 일이 번거롭긴 하지만 소소한 재미를 준다. 그래서 올해에는 새로운 과정을 즐겨볼 계획이다. 옥상에 작은 텃밭 만들기. 아마 여름쯤엔 '상추라는 과정'을 먹을 수 있을 것이다.

여름이 톡톡 터져요

청량음료의 계절이다. 지독한 무더위와 끈적끈적한 공기 혹은 비 오는 날의 꿉꿉함을 이겨내기 위해 마시는 음료. 아이스커피를 많이 마셨는데도 마실 것을 또 찾게 되거나 상쾌한 기분전환이 필요할 때 나는 청량음료 중에서도 레몬에이드(lemonade)를 마신다.

어릴 때에는 레몬이 흔하지 않았다. 순정만화를 탐독하던 어린 시절 박희정 작가의 만화 〈호텔아프리카〉를 통해 '레모네이드'를 처음 알게 되었다. 만화의 주배경은 미국 유타의 어느 한적한 시골 마을에 있는 '호텔 아프리카'라는 작은 여관이다. 그곳을 운영하는 백인 미혼모 아델라이드와 그녀의 아들, 흑인 소년 엘비스의 이야기가 중심이다. 백인이 압도적으로 많은 그 지역에서 세상의 차별과 싸워야하는 이 모자는 호텔 아프리카를 거쳐 가는 다양한 사람들(그들 또한 세상의 '마이너

리티'다)과의 관계를 통해 공감과 연대를 배워나간다. 이국적인 이야기는 화려한 작화가 더해져 더욱 아름답게 느껴진다. 어른이 된 엘비스의 회상에 나오는 호텔 아프리카는 라디오에서 낮게 흘러나오는 올드팝과 시원한 레모네이드가 자연스러운 배경이 된다. 여름의 음료라고는 콩국이나 미숫가루만 알았는데 그 비싼 과일로 만든 청량음료를 흔하게 마신다니, 그날부터 레몬에이드는 내 환상의 음료로 각인되었다.

그로부터 십오 년이 흐른 뒤 어느 여름날, 나는 〈순대 카페 Da〉라는 가게의 주방에서 손목이 나가라, 레몬을 짜고 있었다. 레몬에이드를 만들기 위해서였다. '이야~, 매일 마실 수 있는 양의 레몬에이드를 만들려면 도대체 레몬을 얼마만큼 짠 것이냐? 아델라이드! 내 당신을 존경한다. 당신의 손목이 진심 부럽다.' 그런 말을 곱씹으며 기절할만한 '환상의 음료'를 만들었다. 남편이 남자친구일 때 그는 카페를 운영했다. 철물점이었던 가게를 직접 뜯어고치고 꾸며서 빈티지카페로 만든 것이다. 나는 그 가게의 점원이 되어 몹시 서툰 손으로 일을 했다. 가게의 주력 상품은 '허브순대'였는데 이 허브순대와 레몬에이드의 궁합이 아주 좋아서 주문이 자주 들어왔다.

요즘은 저렴한 가격의 레몬 짜는 기계가 많이 생겨났지만 그때만 해도 기계가 없었다. 부산대 앞에서 허브순대를 팔던 지인은 독일에서 공수해온 기계를 썼는데 가격이 만만찮았다. 시중에 파는 레몬스퀴시용 즙은 제대로 된 레몬에이드 맛을 내질 못해서 우리는 생 레몬을 직접 비틀어서 즙을 냈다. 가게에 파는 음료 중 레몬에이드는 손님 입장에서 가성비 좋은 음료라 수익도 크지 않았다. 초등학교 여름방학 방과 후 수업에서 레몬에이드 만들어보고 글 쓰는 시간을 마련한 적이 있었다. 아이들 중 한 형제는 한 컵을 나눠 마시고 한 컵을 가지고 있던 보냉병에 담았다. '엄마 줄 거예요.' 수줍게 말하는 모습을 보고 내가 꼭 아델라이드가 된 것처럼 뿌듯했다. 그래서일까? 고생하며 짜던 음료인데, 가게도 오래전 문을 닫았는데, 이상하게 레몬에이드는 여름이면 떠오르는 음료 1위가 되었다.

얼음이 담긴 컵에 레몬즙과 탄산수, 시럽을 적당히 담아 마신다. 새콤하고 달콤한 것이 톡톡 터지는 여름이라니! 입천장을 화르륵, 훑고 가는 탄산가스가 더위에 흐물흐물해진 뇌를 붙들어 세운다. 짜릿하다.

속 편한 음식을 아는 나이

텔레비전 채널을 돌리는데 드라마 하나가 손을 붙들었다. 내 나이 또래의 부부가 이혼을 하자마자 우연히 과거로 돌아가게 되고 둘은 서로를 처음 만났던 18년 전의 운명을 바꾸기 위해 각자 고군분투한다는 내용이었다. 드라마 때문에 대학 다니던 풋풋한 시절이 생각났고, 지금 아픈 엄마가 건강하던 그 시절로 되돌아가면 참 행복하겠다는 부질없는 소망이 떠올라서 한동안 가슴이 먹먹했다.

하지만 먹먹함도 잠시, 웃음을 터트리고 말았는데 남자주인공이 몸에 좋은 걸 찾아먹는 장면 때문이었다. 몸은 스무 살이지만 이미 서른여덟해의 인생을 살아본 주인공은 죽어도 먹기 싫었을 '엄마표 양배추즙'을 거뜬히 마시고 친구가 먹기 싫어서 건넨 보약을 소중히 받아 마셨다. 그 모습을 보면서 나도 모르게 '그렇지, 저 아까운 것을! 이 어리석은 것들아, 세월

흘러도 남는 건 그런 거야!'를 외쳤다.

일요일 저녁 식사를 간단히 해결하기 위해 남편과 나는 집에서 가까운 쌀 국수집을 찾았다. 대학시절부터 17년 가까이 함께 한 우리 부부는 작년까지도 쌀국수를 사먹는 일이 거의 없었다. 쌀국수는 라면에 비해 면발이 쫄깃하지 않았고 국물 맛도 밍밍했다. 그랬던 우리가 올해부터는 쌀국수를 자주 찾게 되었다. 이유는? 먹고 나면 '속이 편한' 음식이어서. 삼겹살, 치킨, 라면처럼 자극적이고 칼로리 높고 저렴한 음식을 자주 찾던 우리는 이제 먹고 나서 배가 덜 아픈 음식, 편하게 소화되는 음식을 찾게 되었다. 좋은 음식을 만나면 몸이 먼저 반응하는 나이가 된 것이다.

김애란 작가의 소설 '건너편'에도 이런 우리와 비슷한 연인이 나온다.

> 두 사람은 평소보다 달게 잤는데, 저녁상에 오른 나물 덕이었다. 낮은 조도로 점멸하는 식물에너지가 어두운 몸속을 푸르스름하게 밝히는 동안 영혼도 그쪽으로 팔을 뻗어 불을 쬐는 기분이었다. 잠결에 자세를 바꾸다 도화는 속이 편하다는 느낌을 몇 번 받았다. …(중략)… 직장 상사들은 삼십대 중반이야말로 체력과 경력, 경제력이 조화를 이루는, 인생에서 가장 좋은 때란 말을 자주 했지만 도화는 알고 있었다. 자신도, 이수도 바야흐로 '풀 먹으면' 속 편하고, '나이 먹으며' 털 빠지는 시기를 맞았다는 걸.
>
> —김애란, 「건너편」, 『바깥은 여름』, 문학동네, 2017, 86-87쪽

노량진에서 고시생활을 하던 둘은 밥을 나눠주는 교회에서 처음 만났다. 도화는 '도화 씨가 좋아하는 것 같아 잔뜩 집어왔다'며 교회 배식판의 동그랑땡을 챙겨주던 사내 이수와 '얼추 개 수명과 비슷한 십 년'여를 함께 보냈다. 하지만 도화는 '자신 안에 있던 어떤 게 사라졌다'는 이유로 크리스마스 저녁에 이수에게 이별을 통보한다. 도화 몰래 전세금을 몰래 빼서 공무원 공부를 다시 시작한 이수의 잘못에 오히려 안도감을 느끼면서 말이다.

　　한 커플은 시간을 거슬러 과거의 모든 것을 없던 일로 만들고 싶어 안달하고 한 커플은 과거의 시간을 끝내고 싶어 이별한다. 속 편한 음식 맛을 알게 되는 어른의 시간은 슬픈 것일까? 쌀국수를 먹고 나면 남편에게 데이트 신청을 해야겠다. 우산 하나로 가을비 맞으며 길을 걷다가 '선배 어깨가 많이 젖었어요.' 라고 내가 말하고 '내 왼쪽 어깨는 방수 된다.' 라고 그가 허세 떠는, 손발이 오그라드는 드라마를 한 편 찍길 기대하면서.

굴 찾아 삼만 리

매년 겨울은 힘들다. 추위에 약한데다 해까지 빨리 시들어버리는 통에 겨울 내내 무기력증에 시달리기 때문이다. 그나마 겨울을 견딜 수 있는 이유를 찾으라면, 귤이다. 과일을 일부러 찾아먹는 사람이 아니지만 귤만큼은 월동 준비하듯 챙겨가며 먹는다. 이불을 덮어 쓰고 따뜻한 바닥에 엎드려 귤, 아니 밀감을, '꿀처럼 달콤한 감'을 까먹는다. 오렌지도, 자몽도 이렇게 상큼한 단맛을 내지 못한다.

제주도에 사는 서진 작가가 직접 딴 귤을 판다고 했다. "잡초 뽑고 나무 태우고 한약찌꺼기만 뿌렸어요. 이년 반 동안 화학비료와 제초제 안 써서 껍데기 무지 얇고 귤 고유의 맛을 가졌어요." 그의 SNS에서 글을 보고 바로 주문했다. 나는 손톱 밑이 노랗게 되도록 귤을 까먹으면서 남편에게 말했다. "씻지 않아도 되고 칼 없어도 바로 먹을 수 있잖아. 밖에서도 들고 다니다 하나씩 까먹으면 얼마나 좋다고. 이렇게 간편한 과일이 없다. 특히 대중목욕탕에 가서 땀 흘리며 씻다가 까먹는 귤은 정말 꿀맛이지."

그런 나를 보며 남편, 곰용이 말했다. "귤은 너 같은 게으름뱅이에게 최적화된 과일이다." 나는 발끈했다. "게으름뱅이라니. 귤을 얻기 위해 천개의 파도를 넘은 사람이다, 내가."

나는 송도에서 횟집을 운영하는 큰집에서 태어나 그 근처의 단칸방에서 서너 살까지 살았는데 그 시절의 기억이 꽤 남아있다. 그 당시 큰집에서 손님에게 내는 후식은 다방식 커피와 가로로 반을 자른 귤이었다. 귤은 아직 비싼 과일이어서 손님이 떠나고 나면 나는 그 방에 몰래 들어가 남은 귤을 집어 먹곤 했다. 어느 날, 주인댁에 사는 여자 쌍둥이와 서로 자기자랑을 하다가 '우리 큰집에는 귤이 있다'고 유세를 떨었다. 그러자 쌍둥이가 믿지 못하겠으니 귤을 직접 보여 달라고 했다. '흥, 그러면 내가 기 죽을까봐.' 그 길로 혼자 큰집을 향해 나섰다.

하필 그날은 파도가 거셌다. 바닷물이 제방을 넘어 길까지 넘쳐 들어왔는데 왜 그런 것인지 알 수 없던 나는 파도가 사람이 지나가기를 기다렸다가 덮치는 거라 생각했다. 리듬이나 규칙도 없이 마구잡이로 물이 날아오는 통에 길을 가던 나는 결국 주저앉아 울어버렸다. 나를 아는 동네 아주머니의 도움으로 겨우 큰집 '본전집(상호명)'에 도착했다. 나는 다짜고짜 귤을 달라고 했다. 스티로폼 아이스박스에서 꺼낸 귤 하나를 어렵사리 얻었다. 다시 천 개의 파도를 넘어 겨우 집으로 돌아왔지만 쌍둥이는 없었다. 방에 돌아온 나는 그것의 껍질을 깠다. '엄마 찾아 삼만 리'의 주인공 마르코가 엄마를 만났을 때처럼 가까스로 만난 귤을 소중하게 입안에 넣었다. 이럴 수가. 고생해서 획득한 귤이건만 맛이 없어서 울적했던 그 오후. '본전'도 제대로 못 찾은 그날의 장면들은 아직도 머릿속에 강렬하게 남아있다.

'귤 찾아 삼만리' 찍었던 이야기를 들려주며 제주도에서 천개의 파도를 넘어 내게 온 귤을 먹는다. 서진 작가가 '명작' 집필도 잠시 내려놓고 딴 귤이다. 이런 밀감을 두고 게으름뱅이라니, 곰용씨, 천만의 말씀이다.

고통의 자리

럽밤을 바르다가 오른쪽 입술이 부었다고 느꼈다. 벌레에 물렸나보다 하고 그냥 넘어갔다. 다음 날 양치질을 하는데 왼쪽 입술 사이로 물이 자꾸만 흘러내렸다. 꽉 다문다고 다물었는데 물로 입안을 헹굴 때마다 왼쪽 입술 사이로 풋, 풋, 물총 쏘듯 물줄기가 새어 나왔다. 오른쪽 입술이 부어서 그런 줄 알았다. 웃음이 났다. 어라? 세수를 하는데 왼쪽 눈에 비눗물이 자꾸 들어갔다. 거울을 들여다보며 눈을 씻었다. 세수를 마치고 나자 거울 속에는 한쪽 눈이 벌건 여자가 앞섶과 옷소매까지 몽땅 젖은 채로 서 있었다. 밥을 먹었다. 세상에! 음식을 씹을 때마다 왼쪽 입 밖으로 물과 음식이 주룩, 흘렀다. 매일 아무 일 없이 영위하던 일상의 한쪽 면이 찌그러졌다.

도시철도를 타고 출근을 하면서 인터넷으로 찌그러진 일상에 대해 검색했다. 말로만 듣던 '입 돌아가는 병(구안와사)'

증상이었다. 최근 내 몸에 일어난 변화를 되짚어보았다. 입안이 헐고 왼쪽 목 뒤와 어깨가 2주 가까이 아팠는데 누구에게나 자주 일어날 수 있는 일이었다. 어깨가 아파 찾아간 한의원에서 말초신경에 문제가 있다고 했지만 심각한 상황은 아니어서 한약을 팔기 위한 상술로 여겼다. 그때 그 한의사 말을 들었어야 했는데.

점심시간에 근처 병원을 찾았다. 병원에서는 여러 가지 신경과 검사를 시행했다. 검사 중에는 턱과 눈썹 위에 전기 자극을 줘서 그 신호를 제대로 감지하는지 확인하는 것도 있는데 전기가 흐를 때마다 아프고 찌릿한 느낌이 몹시 불쾌했다. 일부러 통증(전기자극)을 줘서 고통의 자리를 찾아내는 작업이라니 알다가도 모를 일이었다. 의사는 '헤르페스(대상포진) 바이러스에 의한 신경감염성 안면마비'로 진단했다. 작년에는 대상포진을 앓았는데 올해는 병이 업그레이드되어 안면마비까지 온 것이다.

늘 해오던 평범한 일들을 어느 날 갑자기 하기 힘들고 불편해지면, 사람들은 그제야 망가진 일상을 들여다보게 된다. 그리고 택한다. 수긍하거나 피하거나. 작년 병을 앓고 난 이후부터 몸 관리를 한답시고 좋은 식재료를 챙기고 요가 강좌를 듣거나 몸에 좋다는 약을 챙겨 먹었다. 하지만 그런 노력은 금세 끝났다. 몸이 돌아오자마자 하루 이틀 빠지기 시작한 운동은 아예 끊어버렸고 생활 패턴이나 식습관은 예전으로 돌아갔다. 그것이 일 년 동안 다시 쌓이면서 일상이 망가진 것이다. 소 잃고 외양간 고치던 옛이야기의 주인공은 나의 조상님이 분명하다!

처방 약을 기다리며 SNS를 살펴봤다. 두 가지 헤드라인 뉴스가 눈에 박혔다. '안희정 무죄'와 '대전 길고양이 살해사건' 기사가 그것이다. 사회적으로도 고통의 자리는 얼마든지 있고 그 자리 또한 내 얼굴에 일어난 마비와 비슷해 보였다. 수긍하지 않고 피하고 살아도 살아졌을 고통의 자리들.

'안희정 무죄' 사건은 미투로 촉발된 중요한 사회적 흐름을 일부러 마비시킨 사건 아닐까. 아니, 마비된 지점들은 오래전부터 있었는데 '김지은 씨'라는 전기 자극을 통해 확인하게 되었을 뿐이다. 전기 자극을 통해 불편한 지점을 발견했다면 그것을 들여다봐야 하는데 모두 피하기 바쁜 눈치다. 법원을 비롯한 힘을 쥔 자들은 고통의 자리보다 고통을 확인하게 한 전기 자극이 나빴다는 말만 하고 있었다.

대전의 한 노인은 몇 년에 걸쳐서 길고양이들을 집요하게 독살해왔다. 그 수가 자그마치 천여 마리가 넘을 거로 추산된다. 목격한 사람이 있고 노인 스스로 범죄를 실토하고 독

약을 뿌린 음식물 자리까지 가서 찾아 보여줬다는데 경찰은 그 노인을 잡아가지 않았다. 고양이 사체가 나오지 않았기 때문이란다. 무언가가 '죽은 상태'로 발견되어야 '일'이라고 여기는 이 경우, 어느 부위가 마비되어야 이런 결정을 내리는 것일까? 이 고통의 자리를 그저 동물의 자리라서 쉽게 넘겨도 되는 것일까? 이 자리에 나의 반려동물이, 나의 어린 자식이 앉을 수도 있다는 것을 왜 생각하지 못할까?

안면마비 진단을 받은 지 2주가 흘렀다. 마비를 통해 고통의 자리를 확인했다면 이제부터는 고통의 자리를 넘어선 더 넓은 생활의 자리로 치료의 범위를 확대해야 한다. 나는 찌그러진 일상을 펴기 위해 약 먹고 운동하고 식습관을 점검한다. 마비가 오지 않도록, 아니 마비가 다시 찾아와도 잘 이겨낼 수 있도록 말이다.

3. 엄마! 나 왔어

새해의 다짐 -그녀에게

글 쓰는 일이 생활인 사람들의 송년회 모임에 나갔다. 노래를 부르던 어떤 소설가가 옆에 서 있던 여자 문인의 애창곡을 기억해내려 한참 애쓰다가 말했다. "이 정도 생각하는 거면 이것은 사랑이다. 사랑이 거창한 것 같아도 사실 별 거 아니거든." 자리를 파하고 다른 술자리 모임으로 갔다. 글 쓰는 일이 꿈인 사람들이 모여 있었다. 신춘문예의 쓴 맛을 본 뒤라 술이 오히려 달던 밤, 누가 말했다. "술만 안마셨어도 잘 썼을 거야." 나는 게을러서 그렇다는, 그 말에 동의하며 올해 글을 많이 쓰지 않은 이유를 변명했다. 하지만 집으로 돌아오는 동안 내내 속상했다. 게을러서 글을 못쓰는 것이 아니라, 글을 쓰지 않아 게으르다는 건 나도 잘 알고 있었다.

집으로 돌아오니 종잇조각들이 작업대에 올려져 있었다. 딸은 성인이 되었고 검사하는 선생님도 없는데 엄마는 대신한 숙제처럼 딸의 일기를 오려 한곳에 모아두었다. "이 아줌마. 왼손으로 오렸나?" 너무나 삐뚠 가위질 솜씨에 풋, 그만 웃어 버렸다.

아, 그 순간! 종이 모서리의 생채기마다 묻어나는 그것, 엄마의 '별 것 아닌 사랑'. 이 어마어마한 위로에 감격하는 지금, 내 '별 것 아닌 사랑'을 고백한다. 엄마, 지금 오리고 있어? 새해엔, 더 열심히 잘 쓸게.

포옹

내일은 '세월호 참사'가 일어나고 맞는 첫 어버이날이다. 오늘은 방과 후 수업이 끝나자마자 교실을 나가는 아이들에게 두 팔을 벌리고 "어린이날에 못 봤고, 스승의 날에도 우리 서로 못 보잖아. 그러니 우리 포옹하자. 선생님 한번 안아주고 가라." 말했다.

아이들은 쑥스러워 했지만 저학년은 모두 안겼고 중학년은 빼면서도 안겼고 고학년은 여자아이들만 안겼다. 아이들을 안고 나서 한 명, 한 명에게 수고했다고 말한 뒤 "내일 엄마 아빠도 이렇게 한 번씩 꼬옥 안아드려라." 말했다. "에이~!" 손사래 치며 도망가는 아이들 웃음이 복도에 울린다.

누군가에겐 단 하나뿐일 꽃 같은 아이들. 아이들의 웃음이 눈물 나게 시리다. 아이들은 웃으며 교실을 떠났는데 나는 마음이 허허롭다.

나도 내일은 엄마에게 가서 안아줘야지. 아픈 내 엄마가 쑥스러워 몸을 빼도 그 병 다 나한테 옮겨버려라, 속으로 빌며 힘껏 안아줘야지.

　언제고 그 체온을 떠올릴 수 있도록.

산타가 쉬는 집

2013년 크리스마스 즈음이었다. 엄마를 보기 위해 친정 가는 버스를 탔다. 날은 어두웠고 버스 창밖에는 크리스마스 장식을 한 가게들이 즐비했다. 휴대폰 제일 싼 집, 로또명당… 간판 이름을 읽다가 어느 간판에서 눈길을 멈췄다. '전파사'라 는 이름이 나무판에 새겨져 수줍게 걸려있었다. 아직도 저런 집이 있구나. 요즘은 텔레비전이나 전화기가 고장 나면 새로 사기 바쁜데. 멀쩡한 폰도 최신 폰으로 바꾸는 시대에 어떻게 벌어먹고살려고. 참, 대책 없는 가게구나, 싶었다.

30년 가까이 운영한 엄마의 세탁소 문을 밀었다. 엄마는 또 난로에 다리를 바짝 갖다 댄 채였다. 파킨슨병 진단을 받 은 엄마는 매일 약을 먹어야한다. 약효가 떨어질 즈음이면 다 리 근육이 저릿해서 겨울 내내 엄마는 살이 검게 그을릴 때까 지 난로를 끼고 살았다.

의사는 엄마가 아직 젊은 나이이니 하던 일은 계속 하는 게 좋다고 했다. 하지만 나는 가게를 접고 쉬는 것이 옳지 않을까 싶었다. 물론 그렇게 못해드리는 딸의 무능함이 부끄러워 엄마의 허벅지만 연신 주물러댔다. 아까 본 전파사처럼, 대책 없는 이 가게를 접고 대책 없는 엄마의 몸을 쉬게 할 수 있다면.

가게 한편에 여러 종류의 비닐봉투가 눈에 들어왔다. 엄마, 이건 다 뭔데? 하고 물었더니 엄마는 크리스마스 선물 받은 거라며 깔깔댔다. 나는 비닐을 열어봤다. 검은 비닐에는 삼겹살이 있었다. 평소 폐지나 깡통을 모았다가 고물 줍는 노부부에게 줬는데 그들이 새해 선물이라며 답례를 했다고. 하얀 봉지에는 사과 두 알과 포도주 한 병. 뇌졸중으로 쓰러졌던 뒷집 할머니가 엄마에게 같이 건강해지자며 격려의 선물로 줬단다. 자주 놀러오는 삼산빌라 아줌마가 준 반찬과 금자 아줌마가 해준 김장 김치 한통, 호박 등의 채소도 있었다. 엄마의 동네 절친, 길동이네 아줌마는 입맛이 없다는 엄마를 위해 칼국수를 끓여주었단다. 아줌마는 엄마의 몸에 약효가 떨어져 몸이 둔해지면 와이셔츠 등을 대신 다려준다고도 했다.

와, 엄마의 산타는 여러 명이구나!

이 산타들은 엄마의 가게에서 소박한 음식을 나눠먹으며

크고 작은 자신과 이웃의 불행에 대해 위로를 나누던 이들이다. 엄마 역시 그들 입장에서는 산타와 같은 역할을 했다. 엄마의 몸이 불편한 것을 알고 작고도 거대한 마음의 선물을 해준 것이다. 가게를 접어선 안 되는 이유가 여기 있었다.

짤랑, 하고 가게 문이 열렸다. 종종 놀러와 시간을 보내다 간다는 흰머리 할머니가 들어왔다. 역시 그녀의 손에도 선물이 들려있었다. "아나고 좀 싸왔다! 이것 좀 묵어봐라!" 엄마는 날 추운데 왜 나왔냐며 퉁명스럽게 받아치면서도 할머니께 따뜻한 커피를 한잔 건넸다. 전구 장식 하나 없는 엄마의 가게가 참 대책 없이, 반짝반짝, 빛나던 밤이었다.

효도의 외로움

　초등학교 다니던 시절, 우리 가족이 살던 단칸방에 외할머니가 며칠 머무신 적이 있었다. 전라도의 먼 시골에서 부산까지 어려운 걸음을 하신 외할머니는 그저 딸네 사는 모양이 궁금해서 무거운 짐을 이고 지신 채 찾아오신 거였다.

　어느 날 아침, 엄마는 자신의 엄마에게 짜증을 냈다. 도움이 되려고 하는 외할머니의 움직임에 엄마는 '하지 마시라'며 자꾸 화를 냈는데 우리 남매에게는 이런저런 심부름을 시키면서 도와주려는 할머니께는 왜 역정인지 이해할 수 없었다.

　그것은 장모가 왔음에도 무뚝뚝하게 행동하는 아빠에 대한 섭섭함에서 비롯되었거나, 할머니를 자꾸 낯설게 대하고 등교준비 하나 제대로 못하는 나와 동생에 대한 얄미움에서 비롯된 것인지도 모르겠다. 어쩌면 도시에서의 남루한 생활을 보이는 것이 불편했을 수도 있겠다.

그날 어렴풋이 느낀 것은 외할머니는 가장 큰 어른인데도 엄마에게 혼나서 좀 무안할 것 같다는 점, 그리고 엄마와 엄마의 엄마는 몹시 외로워보였다는 점이다.

그리고 이십여 년이 지난 지금, 나는 엄마에게 '하지 마라!' 짜증을 낸다.

지난여름부터 친정엄마와 살고 있다. 뜨거운 여름 두어 달을 함께 살았고, 12월부터 다시 함께 지낸다. 엄마는 '파킨슨'이라는 희귀난치성질환을 앓고 있는데 몸 관리를 제대로 하지 못해 심신이 몹시 지친 상태다. 지독한 통증과 도파민제의 부작용 때문에 불면과 조울증까지 얻은 엄마는 곧 새로운 병원과 새로운 약, 내가 꾸린 새로운 가정으로 옮기고 새 생활에 적응 중이다.

몸이 좋지 않으면 쉴 만도 한데 수십 년 쌓인 살림의 습관 때문에 엄마는 틈만 나면 부엌으로 가서 움직였다. 나는 그때마다 엄마에게 잔소리를 하고 짜증을 냈다. 엄마가 자꾸만 무언가를 한다는 것이 마음에 걸려서 그동안 "엄마, 쫌!" 소리를 몇 백번 외쳤는지 모르겠다.

부엌살림을 자꾸 손대는 통에 나는 해야 할 일에 집중 못하고 엄마를 따라다니며 말려야했다. 옥신각신 다투다가 결국 버럭, 소리를 질렀다. 그리고는 화가 풀리지 않아 궁시렁

거려가며 엄마가 꺼내둔 물건을 제자리에 두었다. 그러다 문득 너무 조용하다는 느낌이 들었다. 흘깃, 엄마를 쳐다봤더니 그녀는 거실에 우두커니 앉아 먼 산을 바라보고 있었다.

아! 나는 그 모습에서 이십년 전의 외할머니 모습을 보게 되었다. 이십여 년 전 짜증내던 엄마 얼굴과 지금의 내 얼굴은 얼마나 닮았을까. 우리는 함께 있는데 왜 외로워지는 것일까. 좋은 병원, 좋은 음식만 찾을 것이 아니라 지금 이 순간, 따뜻한 말 한마디를 건네는 것이 중요한데. 나는 효도에 대해 엄청난 착각을 하고 있었던 것이 분명하다. 효도한답시고 모시고와서 화를 내는, 참으로 멍청한 짓을 반복하고 있는 것이다.

이 일을 친구들에게 말했더니 '서글픔과 미안함이 뒤섞여 다듬어지지 않은 감정을 짜증으로 내뱉어버리고 또다시 미안해져서 후회를 되풀이하는' 이 과정을 모두가 반복하고 있었다. 딸들이 생각하는 '호강과 효도'의 이미지는 도대체 어떤 것이기에 엄마들은 외로워지는 것일까.

엄마가 나쁜 꿈을 꾸며 잠꼬대를 한다. 엄마는 몸이 아프고 나는 엄마가 아프다. 마음이 좋지 않아 엄마의 머리를 쓸어주며 믿지도 않는 신을 찾아 기도를 한다. 엄마와 이 세상 모든 엄마들-그녀들의 머리 위에 내려앉은 나쁜 꿈이 사라지길.

새해에는 그녀가 조금 더 행복해지면 좋겠다.

그녀의 이름

어느 날 문득 엄마가 내게 말했다.

"나, 문자 보내는 것 좀 가르쳐주라."

울 엄마는 문자 메시지를 확인하거나 보낼 줄 모른다. 친구 엄마들은 카톡, 페북 등 스마트폰으로 SNS까지 한다는데 울 엄마는 세탁소 기계가 아닌 다른 기계 다루는 쪽으로는 젬병이다.

삼십년 동안 세탁소 일을 해 온 엄마는 아주 바빴다. 연락이 필요하면 그때마다 바로 전화를 걸었고 가게를 비우기 힘들어 자식들에게 은행 심부름을 보냈다.. 군이 알아야 할 필요를 못 느낀 것이다. 그래서 엄마가 그런 것을 못한다는 것은 어쩔 수 없는 일이었으므로 그것을 아쉽다거나 배우라고 투덜거리지 않았다. 아니, 자식으로서 그런 엄마의 등골을 빼먹고 컸으니 스스로에게 부끄러운 일이긴 하다.

그런 엄마는 아프고 나서야 일에서 손을 놓게 되었고 쉬는 시간이 생겼다. 평생 여가를 모르고 살아온 엄마는 갑자기 생긴 여유에 몸 둘 바를 몰라 했다. 그래서 엄마는 한동안 우리 동네를 돌며 고물을 줍는 노인 내외가 아직 경제활동을 한다는 것을 부러워하고 어느 식당의 문에 붙은 '주방 이모 구함' 구인종이를 유심히 살펴보곤 했다. 딸네 집에서 맘 편하게 집안일을 거들고 싶었겠지만 그것에 몰입할까봐 금지시킨 터였다.

하루 두어 시간 공원에 나가 운동을 하는 것을 시작으로 엄마는 자신의 시간표를 만들기 시작했다. 나는 아줌마들 사이에서 재미있다고 소문난 텔레비전 연속극을 찾아 틀어주거나 요즘 유행이라는 '안티스트레스 컬러링북'과 색연필을 사서 손에 쥐어주고 색칠을 하라 시켰다. 가끔 친구를 만나 수다 떨고, 군것질도 하고, 시장을 돌며 찬거리도 두어 가지 사왔다. 그래도 신기한 것이, 엄마에겐 시간이 늘 남았다! 그제야 엄마는 새로운 무언가를 배워야겠다는 생각이 든 것 같았다.

어느 날 무심히 꺼낸, 무심히 꺼냈지만 조금은 비장했던 엄마의 문자 메시지 공부가 시작되었다. 워드 프로그램으로 휴대폰 자판을 표처럼 큼직하게 만들어 출력해서 상 위에 놓았다. 우리 둘은 머리를 맞대고 앉아 수능 족집게 과외보다 진지한 분위기로 '글자 쓰는 법'을 익히기 시작했다. 아이가 글자를 배울 때 자신의 이름으로 첫 글자를 익히는 것처럼 나는 엄마의 이름 석 자를 화면에 불러오는 법을 가르쳤다. "엄마, 이런 글자(자음)들은 4567890한테 책임지라고 맡겼는데 요런 글자(모음)들은 양이 엄청 많아서 숫자들이 다 감당하기 힘든 거야. 그래서 123한테 사람들 안 헷갈리게 너희 셋이 책임지고 다 맡으라고 시켰거든. 그래서 123이 궁리 끝에…."

엄마는 글자를 처음 배우는 사람처럼 신중하게 버튼을 꾹, 눌러 'ㅂ'을 적었다. 세탁소를 운영하던 삼십년 동안 다림질 등 많은 세탁 작업 중에 엄마가 가장 많이 한 작업은 아마 각각의 옷에 이름표를 다는 일이었을 것이다. 엄마는 자신의 이름보다 타인의 이름을 훨씬 많이 썼다. 손님의 옷에 주인의 이름을 붙여주는 일. 손님이 오면 그 사람의 옷을 호명하는 일. 나는 엄마의 직업이 그래서 멋지다고 생각해왔다. 그런데 지금, 엄마는 남의 이름이 아닌, 써본지 오래된 자기 자신의 이름을 한 글자, 한 글자, 꼭꼭 눌러쓰고, 지웠다 다시 쓰며 연습하는 것이다. 정작 자신을 호명하지 못한 시간들을 찾아서 엄마는 예순이 넘어서야 느리게 움직인다. 우여곡절 끝에 글자가 완성되고 딸의 폰으로 메시지가 들어왔다. 우리는 신이 나서 도착한 문자 메시지를 확인했다. '박 영 자.' 엄마는 자신의 이름표를 겨우 만들어 내 가슴에 달아준 것이다. 코끝이 찡해왔다. 내 나이 서른다섯이 되어서야 그녀의 이름을 호명해야 하는 사람은 '바로 나'라는 것을 깨달았기 때문이다.

이름을 기억하고 불러주는 일

　수업을 마치고 집에 가는 길이었습니다. 2번 버스가 좁은 골목을 뒤뚱거리며 굴러갑니다. 개나리가 흐드러지게 핀 골목을 지나 민들레맨션 정류장에 멈췄다가 동백꽃이 활짝 핀 은하탕을 지납니다. 버스 라디오에서는 일기예보의 〈좋아좋아〉라는 음악이 흘러나오고 있었지요. 온통 봄비를 맞아 검게 번들거리는 도로 위로 퇴근 차량의 불빛이 수를 놓는 것을 보면서 이 봄, 참 아름답다고 여겼습니다. 일하고 있을 친정엄마에게 전화를 걸어 식사하셨나, 약은 시간 맞춰 잘 챙겼나, 묻고 잔소리하는 일이 전혀 지겹지 않았습니다. 봄이었으니까요. 벚꽃은 언제 피나, 차창 밖을 올려보던 그날. 이 순간에도 누군가는 행복하고 누군가는 불행의 한 가운데를 지나느라 몹시 지쳐있겠지, 그런 생각을 잠시 했습니다. 그리고 얼마 후 세월호 사건이 일어났고, 시간은 흘렀고, 벌써 일 년이 지나 또, 봄이 되었습니다.

　이 봄의 저는 학교 수업 재계약을 못하고 집에서 하루 종일 엄마를 돌봅니다. 며칠 전부터 약의 부작용이 생겨 엄마는 딸을 알아보지 못합니다. 다른 사람은 모두 알아보는데 저만 알아보지 못합니다. 저를 앞에 두고 제 이름을 부르며 찾거나 제 휴대전화로 전화를 거는 엄마가 낯섭니다. 시간을 들여 약 조절을 하면 해결된다고 하지만 그것이 너무 서러워 "엄마가 딸을 못 알아봐서, 내 이름이 이정임인데 이정임이라고 안 해줘서 슬프다."고 엉엉 울었습니다. 엄마가 말했습니다. "아줌마, 그게 뭐 그리 서럽다고 울고 그래요. 사람들 모아놓고 물어보면 네 이름이 이거다, 하고 불러주겠지."

　세월호 참사 1년을 맞으며 모든 매체들은 연일 세월호와 관련된 것들을 보도하고 광장에는 희생자들을 추모하는 사람들이 모였습니다. 그런데 이 사건에 대해 '질린다, 그만하면 좋겠다'는 사람들이 있더군요. 심지어 희생된 사람들을 '오뎅'이라는 표현으로 모독하는 멍청이들도 있었습니다. 나라의 대표라 하는 사람들도 추모의 자리에 없습니다. 이 사건에 공감하기 어려운가봅니다.

　남의 주장이나 감정, 생각 따위에 찬성하여 자기도 그렇다고 느낌. '공감'이라는 단어의 뜻입니다. 사람들이 한데 어울려 잘 살아가려면 이 공감의 능력이 필수입니다. 초등학교 아이들이 글을 쓸 때 '만약 내가 주인공 강아지똥이었다면…', '나도 비슷한 일을 겪은 적이 있었다.'는 표현의 문장이 나올 때가 있습니다. 아이들이 '공감'을 익히는 과정입니다. 어떤 일을 두고 생각할 때 상대방 이름 칸에 내 이름을 넣어보는 일이 공감의 시작인 것입니다. 내 이름을 넣어보려면 지금 있는 이름을 잘 알아야합니다. 세월호 희생자 명단에 있는 이름은 오뎅도, 보상금 욕심쟁이도 아닙니다. 봄날의 꽃보다 더 아름다웠을, 누군가의 꿈이었고 하나의 세계였을 그 이름들. 자세히 들여다보기 불편하다고 다른 이름으로 아무렇게나 재단해서 부른다면 그것은 고쳐야 할 일입니다.

　　세월호 희생자의 이름 칸에 내 이름이, 내 가족의 이름이, 내 후손의 이름이 들어갈 수도 있습니다. '만약 내가 이 학생의 부모라면….', '내가 이런 상황에 놓였다면…'하고 생각한다면 함부로 말할 수는 없을 것입니다. 그 누구도 아니라고 장담할 수 없지요. 유족이 '고통에서 벗어나서 용기를 가지고 살아가시기를 바란다면', '안전한 나라를 만드는 일에 힘을 모으려면' 그 이름을 바로 불러줘야 합니다. 희생자의 가족만 이름을 외칠 일이 아닙니다. 많은 사람들이 모여 그 이름을 불러주고 기억해야 합니다. 그리하여 비슷한 상황이 일어나지 않도록, 그 상황에 들어갈 다른 이름이 더 이상 생기지 않도록 해야 합니다.

엄마가 또 다른 이름으로 저를 부릅니다. 괜찮습니다. 이 상황은 의지를 가지고 덤비면 언젠가는 해결되는 '병'일 뿐이니까요. 다른 사람들이 저를 정임이라 불러주고 나도 엄마에게 "엄마!"라고 계속 외치면 되니까요.

엄마의 자리

엘리베이터가 8층을 향해 오르는 동안 거듭 다짐한다. 병실에 들어설 땐 무조건 밝게 외칠 것, 엄마! 라고. 그러면 엄마는 다른 세상에 있다가 갑작스럽게 이 세상으로 불려나온 것 같은 눈을 하고 화를 내거나 무서워한다.

집주인이 사기를 치고 도망을 가서

딸이 누군가에게 맞았거나

아들이 차에 맞아-부딪혀 죽었거나

아빠가 중국여자와 눈이 맞거나.

맞았다는 사람들은 멀쩡히 살아가는데 엄마는 자신이 맞은 것처럼 마음 아파한다. 모두 꿈이거나 망상이다. 어떻게 해야 나아지는 것일까, 도무지 방법을 모르겠다.

이쪽 세상에도 저쪽 세상에도 발이 닿지 않아서 엄마는 자꾸만 일어서서 침대에서 내려오려고 애쓴다. 발이 바닥에 닿아야 움직여서 뭔가 해결할 수 있으니까. 바닥에 발을 닿게 하려고 침대 난간 사이에 다리를 걸고 안간힘쓴다.

살도 빠지고 다리 힘도 빠져서 움직이면 낙상위험이 있는데 의식이 있거나 없거나 무조건 일어서려한다. 그러다 컨디션이 나쁘면 화를 내거나 운다. 나는 엄마를 붙들고 앉아서 계속해서 말을 건다. 시시콜콜한 주변 이야기부터 엄마가 왜 힘을 내서 나아져야하는지 설득하는 이야기까지 한참 떠든다.

"아니, 젊어서 남편 뒤치다꺼리하고 자식새끼들 키운다고 진을 뺐으면, 그거 회복할 시간이 필요한 거 아닌가베. 그니까 아무 걱정 말고, 아무 일도 하지 말고, 놀아라. 엄마 먹고 싶은 거 맘껏 먹고 놀아야 낫지."

그래도 설득이 되지 않는다. 나쁘지만 최후의 방법을 쓴다.

"엄마 내 생일 언젠지 아나?"

"3월 9일."

"그래 기억하네. 내 생일 지났다. 오늘 3월 12일이다."

그러면 엄마는 놀란 눈을 한다. 정말이냐며 달력까지 확인한다. 그러고서는 더욱 불안한 표정으로 임 서방이 미역국 끓여주었냐고 묻는다. 나는 최대한 불쌍한 표정으로 대답한다.

"아니, 올해는 바쁘다고 못 끓여줬다. 그래서 내 미역국
도 못 먹었다."

엄마는 그제야 정신을 다잡고 이 세상에 발을 붙인다.

"아이고, 내가 날짜 가는 것도 모르고사네. 딸내미 생일
도 잊고 참, 큰일이다."

"그래. 그러니까 엄마, 빨리 나아서 집에 가면 내 미역국
부터 끓여줘."

그제서야 엄마는 평소의 엄마처럼 주변 침상의 환자를
돌아본다. 간호사와 요양사에게 웃으며 말을 건다.

엄마의 자리에서 고생만 했는데 결국 엄마의 자리로 불
러내야만 어떤 의지를 가진다는 것이 너무 슬퍼서 나는 며칠
내내 목구멍이 아팠다.

요구르트 한 병

　　얼마만큼의 음식을 먹어야 섭생을 충족시키고 만족감을 느낄까. 설날 오후, 우리는 엄마가 있는 요양원으로 향하고 있었다. 시내 곳곳이 막히는 시간이었고 명절이 주는 피로감에 지친 우리는 모두 조용했다. '부산진역' 앞을 지나다가 대로변 인도에 사람들이 길게 늘어선 광경을 보았다. 무료급식소에서 진행하는 설명절특별급식을 기다리는 줄이었는데 그 줄도 차들만큼 쉽게 줄지 않았다. 독거노인, 노숙인, 쪽방촌 사람들이 추운 날씨의 길에서 오래도록 기다렸다 먹는 그 음식의 양은 과연 얼마 만큼일까, 문득 그런 생각이 들었다.

　　환자복을 입은 엄마는 가족이 둘러앉은 테이블에서 명절 음식을 급히 씹어 삼켰다. 엄마가 만든 명절 음식을 받아먹기만 하던 가족은 새삼 엄마의 먹는 모습을 지켜보게 되었다. 튀김, 전, 과일, 식혜 등이 입에 들어가는 동안 엄마는 '꿀맛이다'

라는 말만 반복하며 더없이 행복한 표정으로 먹는 일에 집중하고 있었다. 음식이 다 떨어지면 먹는 재미를 잃어버린 엄마를 다시 요양원에 남기고 돌아서야하는 나로서는 어마어마한 양의 음식이라도 해결될 수 없을 두려움을 느꼈다.

병실 침대로 옮기고 양치질을 해주는 동안 엄마는 망상에서 비롯된 이야기를 늘어놓았다. 이 망상 때문에 엄마는 한동안 하루 세 끼 식사와 총 여섯 번의 약 복용을 거부했다. 살이 급속도로 빠져 위태로웠는데 지금은 다행히 어르고 달래면 잘 먹어주는 모양이었다. 요양보호사는 그 요령을 가격 170원, 용량 65ml의 작은 요구르트 한 병으로 설명했다. 떠먹는 요거트가 아닌, 새콤달콤해서 마시고나면 더 마시고 싶어지는 요구르트.

살구색 옷을 입은 아주머니들이 배달하는 그 요구르트는 내 오랜 음료였다. 연년생의 동생 때문에 엄마의 품을 일찍 뺏긴 나는 하루 열두 병의 요구르트로 엄마 품의 허전함을 달래야했다. 잘 걷지도 못하는 것이 스스로 빈 젖병을 들고 자는 엄마를 찾아가 그녀의 머리를 콩콩 때리며 요구르트를 요구한 날도 있었다니 요구르트를 먹는 것만이 내가 만족할 수 있는 방법이었던가 보다. 어른이 될 때까지 냉장고에 요구르트가 빠진 날은 거의 없었다. 수시로 냉장고 문을 열어가며 찾아

마시는 통에 엄마는 요구르트 배달 아줌마를 자주 불러 세웠다. 한 입에 털어 마시거나, 앞니로 밑바닥 모서리를 뜯어 작은 구멍을 통해 나오는 한 방울을 아껴 마시거나, 빨대 하나로 다섯 개를 모아 마시거나, 요구르트는 늘 감질났다.

오후 다섯 시, 엄마는 사위가 내민 요구르트를 마시기 위해 약을 받아먹었다. 엄마는 요구르트로 나를 키웠고 서른일곱의 어른이 된 나는 이제 예순셋의 아이가 된 엄마를 살리려고 요구르트를 산다. 독거노인 고독사 방지를 위해 이 작은 요구르트 한 병을 배달해주는 복지사업이 있다고 한다. 커피한 잔 값으로 누군가의 안위를 한 달 동안 살필 수 있는 것이다. 섭생에 필요한 음식의 양은 잘 모르겠지만 누군가를 돌보는데 필요한 마음의 표시는 65ml의 용량으로도 가능하다. 80년대 장수마을을 배경으로 찍은 요구르트 광고에 나오던 '이작은 한 병에 건강의 소중함을 담았습니다.' 는 말이 새삼 마음에 와 닿는다.

엄마가 해준 밥

눈을 감으면 문득 그리운 날의 기억/ 아직까지도 마음이 저려 오는 건/ 그건 아마 사람도 피고 지는 꽃처럼/ 아름다워서 슬프기 때문일 거야, 아마도/ 봄날은 가네 무심히도 꽃잎은 지네 바람에/ 머물 수 없던 아름다운 사람들/ 가만히 눈감으면 잡힐 것 같은/ 아련히 마음 아픈 추억 같은 것들/봄은 또 오고 꽃은 피고 또 지고 피고/ 아름다워서 너무나 슬픈 이야기
　　　-김윤아 1집 [Shadow of Your Smile], <봄날은 간다>, 중에서

　　남편과 함께 그의 고향을 찾았다. 파란 하늘, 연두 나무, 투명 햇볕 모두 새로 칠한 것처럼 깨끗하고 선명했다. 경북은 부산보다 봄이 늦게 시작됐다. 산 곳곳에 분홍색 형광펜으로 점을 찍어놓은 것처럼 진달래가 한창 피어있었고 벚꽃 잎이 흩날렸다. 우리는 봄노래를 들었다. 산소에 들러 잡초를 뽑고 정리되지 않은 나무들을 솎아내다가 할미꽃을 발견하고 한참 동안 들여다봤다. 들판 구석에 한가득 자라던 쑥을 캐고 머구(머위)잎도 땄다. 염소들이 놀고 있는 한가로운 들판을 거닐

면서 진정한 고요를 경험했다. 마법에 홀린 것처럼 눈에 들어오는 모든 것이 아름답고 기분 좋았다.

세상이 마냥 아름답기만 하던 마법에서 깨어난 것은 그로부터 며칠 후인 오늘 아침. 남편은 시골에서 캐온 머위를 데쳐 쌈을 만들어 주었다. 특유의 쓴 맛 때문에 어릴 때엔 입에도 대지 않았는데 이제는 곧잘 먹는다. 입에 넣고 우물거리다가 문득 엄마의 머위 쌈을 떠올렸다. 액젓으로 만든 엄마표 소스에 찍어먹어야 진짜 맛있는데. 그러고 보니 머위 잎은 엄마가 마지막으로 손질한 음식 재료였다.

재작년 초봄까지만 해도 엄마의 몸 상태는 좋았다. 친구와 인근 산에 가서 쑥을 캐 와서 쑥국을 직접 끓일 정도였으니. 하지만 봄이 무르익을수록 엄마의 병증은 깊어졌다. 엄마의 환갑 생신날, 엄마는 소일삼아 머위 잎을 다듬고 있었다. 약에도 병에도 모두 지친 표정으로 신세한탄을 하며 이파리와 줄기를 다듬던 그날의 엄마를 잊지 못한다. 식당에서 조촐하게 치른 환갑 생신 다음날, 엄마는 펑, 하고 다른 사람으로 변했다. 약 부작용으로 망상이 생긴 것이다. 엄마는 딸을 알아보지 못하는 사람이 되었고 가정을 지키기 위해 불청객인 나와 싸우는 사람이 되었다.

엄마와 싸우느라 한동안 정신없는 나날을 보내다가 어느

날 냉장고에서 그 머위 잎을 발견했다. 엄마의 손가락이 까매지도록 다듬었는데 머위는 제대로 다듬어지지도 않은 채 시들어있었다. 그것들을 다시 다듬어 데쳐먹으면서 엄마가 해주던 봄의 맛을 영영 잃어버렸다는 것을 깨달았다. '그 쑥국이 마지막이었다니, 이 머위가 마지막이었다니, 소중한 것도 몰라보고, 나 정말 곰 같은 딸이었구나, 사람 안 되겠구나' 중얼거렸다. 결국 엄마는 요양원에 들어갔고 엄마의 음식은 '눈 감으면 떠오르는 마음 아픈 추억'이 되었다.

언젠가 엄마를 일찍 여읜 후배와 술을 마시는데 갑자기 후배가 울면서 말했다. "선배, 끅, 끅, 엄마가 해 준 밥이, 먹고 싶어요." 그래서 엄마뿐만 아니라 아빠도 음식을 해야 한다고 눙치긴 했지만 그래, 더 이상 만날 수 없는 그리운 밥 하나쯤 간직하지 않은 사람이 어디 있겠는가. '머물 수 없던 아름다운 사람들'이 만들어 준 밥상이 그리운 오늘. 봄의 마지막 절기, 곡우다. 이 봄날을 겨우 보낸다.

아플 때 먹는 음식

　대상포진입니다. 허벅지에 돋아난 빨간 반점을 들여다
보던 의사가 말했다. 대상포진이라면 통증으로 Top3에 든다
고 하는 병인데, 원장님, 저는 그렇게까지 많이 아프지 않은데
요? 하고 물었다. 그 아픈 건 통증 아닌가요? 하고 의사는 내
게 되물었다. 항바이러스 제를 처방받고 나와서 골똘히 생각
했다. 면역력이 떨어질 만큼 최근 스트레스를 받거나 피로한
노동을 했는지. 평소와 비슷한 정도였다. 오히려 빈둥거린 날
이 많았는데 이보다 더 빈둥거린다면 두어 달을 거의 쉬지 않
고 꼬박 일한 남편에게 미안해질 상황이었다. 어쨌거나 대상
포진은 내게 왔고 아프지만 체감할 수 있는 고통은 약했고 남
편은 소고기를 사주며 '절대안정 극휴(極休) 이정임 선생' 이
라고 놀렸다.
　특별한 고통은 그로부터 며칠 후에 생겼다. 자극적인 음

식을 먹은 것도, 과식을 한 것도 아니었는데 속이 좋지 않았다. 몸이 좋지 않으면 꼭 위에 탈이 생기더니 이번에도 그런 것 같았다. 소화제를 먹고 어찌어찌 버텼는데 결국 밤새 먹은 것을 게워냈다. 다음날도 속이 좋지 않아 아무 것도 먹지 못한 채로 일을 했다. 일을 끝내고 집으로 오는 길에 눈에 보이는 내과에 무작정 들어갔다. 할아버지 의사가 진료를 보고 있었다. 몸 상태를 설명했더니 그는 몸이 약해지면서 소화기능도 떨어진 것이니 음식을 잘 챙겨먹어야 한다고 했다. 내가 영 탐탁지 못해 보였던지 의사는 자꾸만 나를 불러 세웠다. "죽을 만들 여유가 없을 테니 밥을 끓여먹어요. 가지, 가지를 익혀 먹으면 부드러워요. 두부도 부드럽지. 그리고 또⋯."

수액주사를 맞으면서 면역력이 떨어진 이유를 다시 생각했다. 먹는 일이 문제였던 것이다. 엄마가 아프기 전에는 엄마가 해준 반찬을 먹었다. 엄마와 살 때에는 먹는 것을 고민했다. 매끼니 밥상을 차리지는 않았지만 나름 신경을 썼고 요거트를 직접 만들고 제철과일, 견과류 등 건강한 간식을 사서 냉장고에 쟁여두고 먹었다. 그러니 내 몸도 나빠지지 않고 잘 살아왔던 것이다. 엄마가 요양원에 들어가고 나자 나는 음식하기가 지독히도 싫었다. 낮엔 간단하게 먹거나 남편이 쉬는 날 그가 해주는 밥을 먹었고 저녁은 인스턴트나 외식으로 해결했다. 그렇게 1년이 지나는 동안 몸이 망가졌던 모양이다. 내 몸에게 미안했고 남편에게도 미안해졌다.

　　병원을 나오자마자 근처 마트로 들어갔다. 이것저것 카트에 담아가며 걷다가 문득 두유 코너에서 발을 멈췄다. 어릴 때부터 나는 몸이 아프면 음식을 잘 먹지 못했다. 편도선염 때문에 밤새 끙끙 앓다가 일어나 등교준비를 하고 있으면 엄마는 유리병에 담긴 따뜻한 '베지밀'을 사와서 내게 건넸다. 그것을 가까스로 한두 모금 삼켰지만 결국 다 토해버리고 말았다. 토하고 나서 나는 기다렸다는 듯 몹시도 서럽게 울었고 엄마는 나를 달래느라 바빴다. 그 따뜻한 두유 한 병은 아픈 특권을 맘 놓고 누릴 수 있는 음료였다. 대놓고 투정부리고 짜증낼 수 있는 '자격'을 받아먹는 일.

　　병에 들어있는 두유를 한 개 카트에 담았다가 도로 제자리에 돌려놨다. 밤새 나를 간병하고 아침엔 가게 일 때문에 정신없었던 울 엄마는 지금 아프니까. 아프다고 투정부리고 짜증낼 수 있는 자격은 이제 상실되었다. 그러니 오늘부터 나는, 소박한 밥을 지어 먹기로 한다.

최후의 김치

해마다 11월 말에는 문학관 뒷집 마당에 김장이 한창인데 올해는 내가 놓친 것인지 그 풍경을 아직도 보지 못했다. 각자의 집에서 챙겨왔을 각양각색의 김치 통이 한편에 쌓여있고 수돗가에는 절여놓은 배추가 산처럼 쌓여있다. 어머니와 딸과 며느리로 이루어졌을 여성들은 마당 한가운데 플라스틱 앉은뱅이 의자에 앉아 배추에 양념을 치대며 김치 산을 쌓는다. 사위로 추정되는 사내가 일을 제대로 거들지도 않고, 그렇다고 자릴 떠나지도 않고 구석에 선 채로 서성이는 겨울 풍경. 오랜 세월 여성들이 감당해 온 노동의 자리다.

엄마와 살던 어느 해에 배추 30포기 김장을 했는데 배추 절이기와 양념 치대기를 거의 나 혼자 했다. 김치는 사먹자고 그렇게 청했지만 '김장을 해야 월동준비 끝'이라고 믿는 엄마의 고집은 꺾지 못했다. 어마무시한 김장 노동에 충격을 받은 나는 앞으로 김치는 꼭 사먹을 것이라고, 다짐하듯 엄마에게 선언했다. 하지만 누가 알았겠는가. 집에서 해먹는 김치 맛을 이토록 그리워하게 될 줄을.

마지막 김치였다. 시댁 형님이 챙겨주신 김치 통을 열어 지금껏 아껴먹던 그것의 마지막을 썰었다. 신맛이 강했지만 아삭한 식감이 남아있는, 내 기준으로 따지면 훌륭한 맛의 김치였다. 집에 혼자 있는 날이라 텔레비전을 보면서 점심을 먹을 계획이었다. 김치를 그릇에 담아서 상으로 옮겼다. 그러다 멍청하게도, 그 그릇을 바닥에 떨어뜨렸다. 김치만 바닥에 엎은 거라면, 나는 그 김치를 씻어서 찌개라도 끓였을 것이다. 하지만 애석하게도 김치를 담았던 유리그릇이 박살이 났다. 반짝거리는 유리조각 사이로 나의 소중한 김치가, 먹어보지도 못한 김치가 허망하게 안녕을 고했다. 발에 차이는 것이 플라스틱 통인데 어쩌자고 유리그릇에 담았는지, 내 자신이 원망스러웠다. 유리 파편 하나가 발가락에 박혀 피가 나는 것을 보고 울컥했다. 나는 엄마를 떠올리며 중얼거렸다. "어머니, 불효자는 웁니다."

집에 김치가 전혀 없는 것은 아니었다. 김치냉장고에는 몇 해 전 엄마가 직접 만든 김치가 남아있었다. 이제 삭힌 것에 가까운 그 묵은지는 지상에 남아있는 최후의 엄마 김치다.

그것을 그냥 먹기는 힘들어서 찌개나 찜 등으로 조리해서 먹는데 웃긴 것이 뚜껑을 열 때마다 톡 쏘는 향에 기겁하면서도 동시에 그것을 아끼려고 들었다 났다, 한다는 점이다.

이웃에 사는 먼지언니는 이런 내 이야기에 공감하면서 말했다. "내 경우에는 고추장이지." 언니의 어머니도 오래전부터 요양병원에 계셔서 엄마 손맛은 못 본 지 오래지만 엄마가 만든 고추장은 아직 남아있다는 것이다. 옆에 있던 언니의 짝지가 그 고추장 꺼내먹었다가 혼났다고 말했다. 그러자 언니는 "아까운 고추장을 '꼴랑' 구운 오징어 찍어먹으려고 꺼내서 그랬다"며 항변했는데 나는 오히려 언니의 말이 절절하게 와 닿았다.

배추김치, 파김치, 열무김치, 국물김치, 부추김치, 총각김치, 동치미…. 계절마다 바뀌며 상에 올라오던 정성이 듬뿍 들어간 김치가 먹고 싶다. 최후의 김치가 최후의 날을 맞으면 김치를 좀 담가볼까, 이제야 그런 생각이 들기 시작했다.

잊어버리다, 잃어버리다

　엄마가 일 년여 머물던 요양원에는 치매 때문에 배회하는 노인이 있었다. 노인은 한시도 쉬지 않고 무언가를 찾아다녔다. 창문을 열어 보고, 사람들이 쓰는 사물함을 확인하고, 갑휴지를 벌려 속을 들여다보고, 침대 아래를 살폈다. 위태롭게 침대를 밟고 올라서서 사물함 위쪽으로 손을 뻗던 날도 있었다. 노인은 엄마가 누워있는 병실에도 들어왔다. 우리에게 공손한 인사를 한 다음 이곳저곳을 뒤져가며 애타게 찾는 일에 집중했다. 엄마의 간식을 나눠드리며 좀 쉬시라고 해도 간식은 주머니에 넣은 채 돌아다녔다. 그러다 낙심한 표정으로 내게 돌아와 말했다. "아유, 내가 집에 가서 저녁을 해야 하는데. 큰일이네. 나가는 문이 어디 있을까?" 갑휴지를 속을 벌려 찾고 있던 것이 나가는 문이었다니.
　노인의 머릿속에는 오직 집으로 가야 한다는 생각만 남

아있었다. 집으로 가기 위해서는 일단 지금 있는 공간을 빠져나가는 '문'을 찾아야 했다. 하지만 찾지 못했다. 엘리베이터로 향하는 통유리 문은 늘 잠겨 있었는데 사람이 들고 날 때를 보면 문이라고 알아차렸으나 그때만 나가지 못하도록 붙잡으면 금세 잊었다. 노인은 열심히 문을 찾아다녔다. 하지만 종국에는 문이 무엇이었는지 잊어버렸다. 어떤 것을 잃어버렸다는 감각은 남아서 물건을 들쑤시고 다녔다. 그러다 다른 사람 자리에 놓여있던 옷이나 간식을 보면 집에 갈 때 가져가겠노라고 자신의 보따리에 꼭꼭 숨겨놓았다. 노인은 매일 그곳을 떠나기 위해서 고군분투했다. 이 경우, 노인은 집으로 향하는 문을 잊어버렸을까, 잃어버렸을까.

　　나의 경우, 지난 한 달이 사라졌다. 분명 책상 위 달력과 스마트폰 달력 앱에 원고 마감과 약속 등이 빼곡히 적혀있는데 그것이 어떻게 지나갔는지 모르겠다. 잡초처럼 일이 무성했으니 그것을 쳐내느라 하루하루 시간이 어떻게 지나갔는지 잊어버린 것이다. 가까스로 숨통이 트인 지난주가 돼서야 만나는 사람들과 대화를 할 시간이 생겼고 "먹고 사느라 지난 한 달이 어떻게 지나갔는지 잊어버렸어" 그들에게 하소연했다. 그러다 이번 주에 알게 되었다. 내가 시간을 잊어버리는 동안, 동시에 무언가를 잃어버리고 있었다는 것을.

엄마의 병이 악화된 지난 오 년을 보내면서 '박영자 님 보호자 되시지요?'라는 질문으로 시작되는 전화통화를 가장 두려워한다. 오랜만에 그런 전화를 받았다. 엄마가 입원해있는 요양병원이었다. 엄마가 날이 갈수록 상태가 나빠지니 면담을 좀 하자는 내용의 전화였다. 엄마는 귤을 먹다가 흡인성 폐렴에 걸려 지난 설 연휴부터 지금까지 고생을 했다. 몸이 약해져서 빨리 낫지 않는다고 생각했는데 폐렴은 다 나았다고 했다. 문제는 연하곤란이 생겼다는 점이다. 삼키는 동작에 어려움을 느끼는 증상이다. 엄마는 음식물을 삼킬 때마다 캑캑 기침하거나, 주르륵 입 밖으로 흘렸다. 엄마가 앓는 파킨슨 증상의 하나다. 하지만 의사는 다른 원인이 있을 수도 있다고 했다. 삼키는 기능의 문제는 없는데 삼키는 방법을 잊어버려서 못 삼키거나 감정적으로 우울해서 자신도 모르게 삼키지 않는 일도 있다 했다. 그리고 덧붙였다. 검사를 해보고 삼키지 못하는 상황이라면 콧줄을 통해 식사를 해야 한다고. 콧줄을 하고 난 뒤 좋아지는 경우도 있지만 솔직히 말하면 몸 상태가 더 나빠질 수도 있다고. 집으로 돌아와 삼킴장애, 콧줄 식사 등을 검색했다. 제대로 걷지를 못하고, 몸을 못 가누고, 목소리도 작아지고, 망상이 남아 있어 대화 진행이 안 될 때가 많다. 엄마를 만나는 매 순간 지금이 최악이라고 생각했는데 아직도 더 나빠질 수 있는가. 누군가를 원망하고 싶은데 아무도 떠오르지 않았다. 그래서 나 자신을 원망했다. '삼키는 방법을 잊어버리거나 감정적으로 우울해서 삼키지 못하는' 상황일 수도 있다는 의사의 말이 계속 떠올랐기 때문이다.

'잃어버리다'의 뜻은 여러 개다. 그중에 '사람과의 관계가 아주 끊어지거나 헤어지게 되다'라는 뜻과 '몸 일부분이 잘려나가거나 본래의 기능을 전혀 발휘하지 못하다'라는 뜻이 내 눈에 박힌다. 엄마는 건강을 잃어버려서 먹고 사는 일을 못 하고, 나는 먹고사는 일을 한답시고 엄마에게 소홀히 하는 바람에 엄마를 잃어버리게 생겼다.

갑휴지 속을 들여다보며 문을 찾던 노인과 스케줄 표만 들여다보며 삶을 살던 내가 무엇이 다른가. 나는 무엇을 잊어버렸나, 어떻게 잃어버렸나. 원고 쓰느라 문장만 나열하던 내가 현실 앞에서 휘청거린다.

절반의 박카스, 한 개의 바나나

내가 어린 시절의 아빠는 음료를 즐겨 마셨다. 그는 오후 낮잠을 자고 일어나면 옆 가게 약국에 찾아가곤 했다. 그곳에서 '박카스' 등의 자양강장제 한 병을 시원하게 마신 뒤 가게로 돌아왔다. 지금도 약국의 유리병 쓰레기통에 병을 툭, 던져놓고 쿨하게 돌아서서 나오는 아빠의 모습이 눈앞에 선명히 떠오른다. 가끔 약국이 아니라 슈퍼에 가서 '인삼 넥타'나 '스콜'이라는 음료를 사 마시기도 했다.

말이 없는 아빠의 자식답게 나는 말없이 아빠가 음료를 사마시는 언저리를 조용히 맴돌았다. 우리 사이에 말은 필요 없었고 다만 서로 눈 마주치는 타이밍이 중요했다. 운 좋게 아빠와 눈이라도 마주치면 아빠는 머쓱한 눈웃음을 지으며 한 모금을 마시고 갈색 병을 한 번 들여다본 후 내게 건네줬다.

절반 남은 박카스.

그 노란 액체가 얼마나 맛있었는지, 사라지는 것이 아까워서 아주 조금씩 마셨다. 박카스 뿐만 아니라 인삼 넥타, 스콜 등도 마찬가지였다. 인삼 넥타는 내 입맛에 맞지 않았지만 거절하면 다른 음료도 주지 않을까봐 꾹 참고 마셨다.

가끔은 동생과 나눠 마실 때도 있었다. 먼저 마시는 일로 투닥 거린 일이 한 두 번이 아니다. 결국 어느 날부터 아빠는 두 병을 사서 한 병을 다 마시고 남은 한 병을 나눠 마시라며 건네곤 했다. 하지만 아이들이 어른 마시는 음료를 마시면 머리에 좋지 않다는 이유로 그 기회는 많지 않았다.

아빠의 자식 사랑이 박카스였다면 엄마의 자식 사랑은 바나나였다. 엄마는 부전시장에 갈 때마다 나와 동생을 데리고 갔다. 지금 생각하면 자식 둘을 데리고 무거운 장바구니를 든 채 힘겹게 버스로 오고갔을 엄마가 대단하다.

한참 장을 보다보면 바나나를 파는 손수레를 만난다. 그당시 바나나는 비쌌는데 얼룩덜룩 검은 반점이 생긴 바나나 세 개를 이천 원에 팔았다. 사랑하던 아이스크림 부라보콘이 200원할 때인데 우리집에서는 그 부라보콘도 비싼 아이스크림 취급 할 때였다. 그러니 하나 육백 원이 넘는 바나나는 사치에 가까운 간식이었다. 그럼에도 불구하고 엄마는 바나나 세 개를 사서 각자 하나씩 들고 먹게 했다. 셋이서 하나씩 먹으며 시장을 구경하던 그날의 기억들이 지금도 참, 좋다.

지금 생각해보니 아빠는 박카스를 사서 엄마에게 준 적이 없고 엄마는 바나나를 사서 아빠에게 준 적이 없다. 그 당시 바지 한 장 다리면 오백 원 받을 때였는데 병원 처방 없이도 살 수 있었던 약국 조제약 하루분이 천원이었다. 감기에 걸려 약을 지어온 엄마는 '에휴, 이게 바지 두 장 값인데.'하며 한 푼을 아까워했다. 그러면서 왜 아빠의 음료 값 지출은 크게 반대하지 않았는지 모르겠다. 아빠는 양복쟁이로서의 멋을 아는 사람으로 엄마가 사 온 옷이 마음에 들지 않는다고 단호하게 말하는 사람이었는데 정작 엄마가 시장에서 무얼 샀는지는 별 관심 보이지 않고 잔소리도 없었다. 둘이 허구한 날 싸우면서도 막상 각자의 기호에 관련해서는 관여 않던 '엄빠'의 속내를, 어른이 되었지만 아직도, 알다가도 모르겠다.

4. 루돌프도
가족입니다

선물

　재작년 가을, 길고양이가 앞집 마당 구석에 갓 태어난 새끼 한 마리를 버리고 갔다. 고양이는 앞집 아주머니가 챙겨주는 음식을 계속 얻어먹으러 오면서도 버린 자식을 찾지 않았다. 성격이 불같은 앞집 아저씨는 "지 새끼도 버린 녀석, 먹을 것 주지 말라"고 소리쳤다. 바둥거리던 새끼는 아주머니 손에 거둬졌다. 처음엔 별 탈 없이 잘 컸다. 하지만 어느 날부턴가 걷는 자세가 이상해지더니 나중에는 다리를 사용하지 못해 하반신을 끌며 다녔다. 척추의 문제였을까, 어미가 버린 이유를 조금은 알 것 같았다.

　작년 여름, 앞집 아저씨가 돌아가셨다. 평소 심장이 좋지 않으셨지만 너무 갑작스러운 일이었다. 아주머니가 아저씨를 처음 발견했을 때 새끼고양이는 돌아가신 아저씨의 겨드랑이에 묻혀 곤히 자고 있었다한다. 돌아가신 날은 공교롭게도 동물병원 진료예약을 한 날이었는데 고양이는 결국 의사를 만나보지 못했다.

그것이, 아저씨는, 미안하셨을까. 그날부터 고양이의 다리가 거짓말처럼 조금씩 좋아졌다. 절뚝이던 다리가 지금은 꽤 잘 걸어 다닌다고 한다.

그건 우연이 여러 번 겹쳐 일어난 일이야, 누군가 말했다. 하지만 글쎄, 이럴 땐 딱딱한 머리보다 말랑한 가슴으로 들어주는 게 어떨지. 고양이의 보은을 기대하면서.

마실 간다, 어린이대공원 산책로의 밤

고양이 생각

이봉순 여사(5세). 기장군 일광면 학리의 집고양이 어미와 길고양이 아비 사이에서 태어나 엄마가 훔쳐 온 장어를 이유식 삼아 철근같이 씹어 먹었다는 그녀. 스파르타식 가정교육을 받고 야생에 금방 적응해 생후 석 달 만에 나무 위의 새도 잡아먹었다는, 그래서 1박 2일의 '국민견' 상근이도 우습다는 그녀는, 놀라지 마시라, 우리 집 막내 공주다. 그녀는 사람 나이로 치면 36세다. 나는 고양이 나이로 세 살 반이기에 언니가 되어버린 이봉순 여사에게 항상 굽실거린다.

2009년이었던 작년 여름, 이봉순 여사는 일주일간 단식을 행했다. 사료는커녕 좋아하던 간식 캔도 싫다하고, 냄새만 맡아도 눈이 뒤집어지는 오징어 대접에도 두 눈을 감아버리는 행동 때문에 두 군데의 병원에 가서 이것저것 검사를 했다.

그런데 원인이 나오지 않았다. 고양이는 사흘만 굶어도 지방간이 생긴다. 몸속의 지방을 에너지원으로 끌어다 쓰는데 간이 지방을 분해하는 것이 힘들어 그리 되는 것이다.

그때까지 가까운 누군가의 죽음을 제대로 겪어본 적이 없는 나는 덜컥 무서워졌다. 처음으로 정성을 다해 마음을 준 동물이었다. 솔직히 말하면 죽을까봐 눈물도 흘렸다.

강제급여를 하는 등 우여곡절 끝에 고양이를 살려냈고 지금은 별 탈 없이 살아가고 있지만 그때의 경험은 내게 생각할 거리를 던져주었다. 인간이 이해할 수 없는 동물의 감정이란, 그들 나름의 생각이란 무얼까. 나는 지금도 종종 생각한다. 나는 고양이가 좋은데 고양이는 나를 좋아할까, 하고.

유원지의 밤

몹시 배고프고 우울한 날 짜파게티 두 개 끓여먹는 것 다음으로 좋아하는 것이 한밤에 초읍 어린이 대공원에 올라가 걷는 일이다. 서늘하고 축축한 공원의 밤공기를 마시며 휘적휘적 길을 걷다보면 긴장된 마음이 풀린다. 사람이 많은 초저녁에 가면 진짜 재미를 볼 수 없다. 눈과 귀가 재미있으려면 10시가 넘어서는 시간부터 걸어야한다. 그것이 불 꺼진 유원지의 밤을 제대로 보는 방법이다.

밤 10시. 내 짝, Y와 함께 공원에 들어선다. 오래전부터 우리는 둘 다 백수일 때도 둘 다 일을 할 때도 저녁이면 이곳에 들렀다. 저질 체력 때문에 운동을 해야 한다는 것을 깨달았을 즈음 나는 걷기를 택했다. 걷는 것이 제일 편해서 산책을 택했는데 나무가 울창한 곳을 걷는 재미가 쏠쏠했다. 시골에서 자란 Y는 캄캄한 숲속에서도 유심히 바라보면 발견할 수 있는 것이 꽤 많다는 것을 가르쳐주었다. 도시에서 태어나 도시에서 자란 나는 Y의 설명이 신기했다.

꿀밤나무 나뭇잎을 바닥에 떨어뜨리는 것이 바람이 아니라 다람쥐라는 것을 듣고 새삼 나무를 한참 올려보았고 어느 날은 생전 처음 도롱뇽을 보고 환호했다. 산책로까지 나와 버둥거리는 지렁이와 민달팽이는 나뭇잎으로 집어 흙으로 돌려보내주었다.

금방이라도 사람으로 둔갑할 것만 같은 너구리를 만났고 길 한가운데를 지나가는 뱀을 길가로 옮겨놓기도 했다. 무심코 지나쳐버렸던 개구리, 귀뚜라미, 뻐꾹새의 울음소리를 새겨들었고 매미가 허물 벗는 장면을 오랜 시간 감상하기도 했다.

아, 아저씨. 그 허리춤에 찬 라디오 좀 꺼보세요. 거기 총

각, 귀에 꽂은 이어폰 좀 빼고 걸어 봐요. 신기한 것이 가득 있단 말이에요.

학생문화회관 앞 광장에는 아직 사람들이 많다. 폭염과 열대야 때문에 광장에는 돗자리를 펴고 누운 사람들과 배드민턴을 치는 사람들로 가득하다.

산책로를 들어서자 Y가 신발을 벗는다. 맨발로 산책코스를 도는 것이 Y의 오랜 습관이다. 매미소리가 쏟아지기 시작한다. 환하게 켜놓은 가로등을 따라 매미가 소리 지른다. 빛공해라고 하던가. 한밤에 켜놓은 불 때문에 철새는 길을 못 찾아 헤매고 매미는 과로로 수명이 줄어든다고 했다. 어디서 날아온 여치가 내 종아리에 달라붙는다. 아앗, 나는 놀라서 발을 땅에 구른다. 그때다. 얼룩 고양이가 지나가다가 내 유난스런 행동에 겁을 먹고 달려간다. 아이고, 미안. 대공원에는 길고양이가 많이 산다. 고양이가 많다는 것은 내가 대공원을 좋아하는 이유 중의 하나다.

고양이 천국, 고양이 지옥

집고양이가 버림받거나 가출해서 야생화하거나, 길에서 태어난 고양이는 길고양이가 된다. 길고양이의 평균수명은 2

년 반. 사람의 나이로 치면 28세의 한창 나이에 죽게 된다. 수명이 짧아지자 생존본능 때문에 발정은 더 자주 오고 고양이의 개체 수는 늘어난다. 공원을 걷다보면 아직 한 살도 채 되지 않았을 것 같은 고양이가 새끼들을 돌보는 경우도 있다.

금연동산을 지나 한참 걷다보면 놀이동산 정문이 보인다. 11시가 다되었는데도 멀리서 들리는 사명대사에 대한 설명은 끊이지 않는다. 이 동네 동물들 잠은 다 잤네, 싶다. 놀이동산 철 대문 사이로 희끗희끗한 것이 보인다. 나는 준비해 온 비닐을 연다. 야—옹, 하고 철창 저쪽에서 소리가 난다.

가지고 온 것을 한주먹씩 다섯 군데로 나누어 뿌린다. 그리고 멀찍이 떨어진 벤치에 가서 앉는다. 눈치를 보던 고양이들은 슬금슬금 다가와 한자리씩 차지하고 내가 뿌린 사료를 먹는다. 턱시도, 노랑태비, 고등어무늬, 삼색무늬, 색깔도 다다른 것들이 철창 바깥으로 머리만 내밀고 먹는 모습은 참 우습다. 멀리서 보면 재밌지만 가까이서 보면 전쟁터가 따로 없다. 고양이들은 배가 너무 고팠는지 사료 알갱이를 제대로 씹지도 않고 급히 삼킨다. 그러면서도 다가오는 다른 고양이에게 으르렁 소리를 내며 견제하고 큰 덩치의 고양이 공격을 받지 않기 위해 눈치를 보고 지나가는 행인들의 눈치도 본다. 이제 막 독립을 시작했을 3개월 정도 된 고양이는 고 작은 주둥이로 사료 한 알을 물고 멀찍이 도망가 깨작깨작 씹는다.

매번 그러는 것은 아니고 가끔씩 집에 고양이가 먹다 남기거나 길고양이 주려고 주문한 싼값의 사료가 생기면 공원에 올 때 들고 나온다. 고양이를 싫어하는 사람들은 길에 사는 고양이에게 먹을 것을 주면 욕을 한다. 먹을 것이 생기면 고양이가 모이고 동네가 지저분해지고 고양이끼리 싸움이 나서 시끄러워지기 때문이란다.

하지만 고양이 입장에서는 먹고 살아야하니 밥벌이를 하려는 건데 도둑 취급하는 것은 심하지 않은가. 오히려 정기적으로 밥을 챙겨주면 쓰레기봉투를 찢거나 음식물쓰레기통을 엎는 일이 줄지 않을까. 미국의 스탠포드 고양이 네트워크처럼 고양이를 포획한 후 불임수술, 재방생, 사후 관리하는 체계가 우리나라에도 제대로 갖춰져 있다면 좋을 텐데 아직은 흉내 내는 수준인 것 같아 아쉽다. 지금 도시의 빈민으로 살아가는 고양이에게 쥐를 잡던 시절의 행복한 고양이는 동화책에만 나오는 이야기다.

허겁지겁 밥을 먹는 고양이 철창 앞으로 주인과 산책을 나온 개들이 지나간다. 부조리극의 한 장면 같다. 나는 집에 있을 고양이 세 마리를 떠올린다. 고양이는 함께 산책하는 것이 힘들다. 만약 개처럼 산책이 가능한 고양이가 있다면 그것은 고양이가 아니다. '개냥이'다.

　내가 잠깐 집밖을 나가면 봉순이는 쫓아 나온다. 사람이 무서워서 차 밑으로 숨어 다니며 애타게 나를 부른다. 자신이 그곳에 있으니 멀리 가지 말라고, 빨리 자신을 알아봐 달라고. 많은 사람들이 고양이를 무서워하고 싫어한다. 하지만 고양이는 결코 사람을 먼저 공격하지 못한다.

　철창을 지나 다시 걷기 시작한다. 놀이동산의 끝자락에 이르러서 다시 봉지를 꺼낸다. 팔뚝만한 고양이 옆으로 주먹만 한 새끼 고양이 두 마리가 붙어있다. 사료를 부어주고 멀찍이 떨어져 앉는다. 어머, 고양이다. 고양이. 하고 누가 외친다. 멀리서 다가오던 삼색이가 꺄악, 하고 내지르는 아이의 목소리에 황급히 자리를 뜬다. 밥을 먹던 고양이들도 도망가 버린다. 밥 먹을 땐 개도 안 건드리는데. 눈살을 찌푸린다.

　그때다. 검은 비닐봉지를 열어 휙, 새 모이 주듯 사료를 흩뿌리는 아주머니가 보인다. 많이 먹어라, 외치고 급히 걷는 아주머니. 걷다보면 이렇게 길고양이 사료를 주는 사람을 종종 만나기도 한다. 강아지를 데리고 산책을 하면서 고양이 사료를 챙겨주는 아주머니(그녀는 고양이 사료를 일부러 사서 일회용 종이그릇에 담아준다), 숨어서 사료를 퍼주는 아가씨(누군가 사료를 준다고 욕할까봐 고양이와 똑같이 사람들 눈치를 본다) 등

고양이를 생각해주는 사람을 만나면 대화를 나누진 않아도 괜히 서로 기분 좋은 눈인사를 건네곤 한다.

나는 피리 부는 아가씨

수변공원을 지나자 물비린내가 훅 끼친다. 흘러가지 못한 물이 출렁거린다. 쏴아, 바람이 불어 머리 위의 나뭇잎이 가로등 불빛을 반사시킨다. 수원지의 물결이 나뭇잎에 새겨진다.

수원지 댐을 건널 시간. 댐을 건너 왔던 길을 되돌아가면 산책 끝이다. Y가 수돗가에서 더러워진 발을 씻는다. 나는 사료를 만졌던 손을 씻는다. 11시 30분이 지나자 길에는 사람이 거의 보이지 않는다.

댐을 건너며 나는 소설을 생각한다. 놀이동산에 버려진 아이들이 나오는 소설을, 그러자 아이들을 유혹하는 피리 부는 사나이가 떠오른다. 이번에는 조금 전 만났던 고양이들을 떠올린다. 아, 나도 피리 부는 사나이가 되어야지. 피리를 불러 쥐를 모두 불러들이는 것이다. 사람들이 혀를 내두르며 손사래를 치면 다시 피리를 불러 고양이를 부른다. 고양이가 한바탕 쥐를 없애고 나면 사람들과 처음 약속한대로 고양이 놀이터를 만들어줘야지. 그 후로 바람이 불어 물비린내가 날 때마다 사람들은 쥐떼를 보게 되고 나는 고양이들을 또 불러서 해치우고 사람들과 계약을 갱신하는 거다.

혼자 상상하고 낄낄거리며 웃는데 Y가 부른다. 산비탈 가운데 고양이 세 마리가 나란히 걸어가고 있다. 우와, 피리 부는 사람은, 어쩜 Y가 더 어울릴지도 몰라. 나는 가만히 중얼거린다. 멀리서 거위가 으응, 하고 대답해준다. 숲의 고요가 더없이 즐거운 밤이다.

고양이와 사람

　고양이를 키웁니다. 고양이라 하면 많은 분들이 '주인도 못 알아보는 요물'이라며 고개를 젓습니다. 하지만 사랑을 받은 동물치고 주인을 알아보지 못하는 경우는 단 한 번도 보지 못했습니다. 제가 책임감을 가지고 대하는 고양이는 현재 총 다섯 마리입니다. 길에서 각자의 사연을 가지고 있다가 제게 온 고양이들입니다. 저는 고양이를 키우며 '사람구실'을 하게 되었습니다. 고작 짐승 따위 키우면서 사람구실, 운운하다니 유난을 떤다고 하실 지도 모르겠습니다. 그래도 잠시만 제 사연을 읽어주세요.

　고양이를 키우니 길에서 만나는 길고양이가 눈에 들어왔습니다. 고양이의 평균수명은 15년. 도시의 길에 사는 고양이들은 평균 2년 반밖에 살지 못한다고 합니다. 오직 사람을 위해서만 돌아가는 도시에 다른 종이 살아가는 일이란 얼마나 힘겹다는 뜻일까요? 길고양이에 대한 관심은 도시의 생태를 보게 했습니다. 길고양이도, 참새도, 먼 나라에 사는 북극곰도, 사실 지구 안에서는 사람과 똑같은 지분을 나눠 가진 존재들입니다. 얘들이 말을 못해서 그렇지, 법을 잘 몰라서 그렇지, 법적으로 제대로 따지고 들면 우리는 승소할 가능성이 없다고 생각합니다. 지금까지 우리가 얘들에게 뺏거나 무상으로 빌린 것을 헤아린다면 말이지요.

그래서 저는 자연의 힘이 필요한 짐승이 도시에서 살게 된다면, 이 도시가 자연의 힘이 아닌 사람의 힘으로 이루어지는 생태계라면, 사람은 인위적인 힘을 발휘해 이 짐승들의 생존권에 대해 배려해야하는 것이 아닌가, 생각했습니다. 힘없는 존재라고 잔인하게 학대하는 일에 대한 기사를 읽은 날엔 더욱 그렇습니다. '사람구실'이란 이럴 때 발휘해야 하는 것이 아닌가, 하고요.

작년 봄, 김해에서 열리는 문학콘서트에 참가하러 갔다가 유기된 페르시안 친칠라를 한 마리 만났습니다. 긴 털을 가진 종이지만 당시의 이 고양이털은 온통 뭉쳐지고 뜯긴 채 엉망이었습니다. 사람만 보면 다급히 울며 따라다녔습니다. 이런 품종묘의 경우, 사람과 함께 살기 위해 만들어진 종이므로 길에서의 생활은 아주 힘들어 적응을 못하고 죽을 가능성이 높습니다.

　그 해 5월, 남편과 저는 제 3회 결혼기념식을 치루면서 좋은 일을 한 가지 하기로 했는데 유기된 이 고양이를 구조하는 것으로 합의를 보았습니다. 구조된 고양이는 행주라는 이름을 얻어 지인이 운영하는 카페에 살게 되었습니다. 구조 당시 병원에서 수염과 옆구리의 화상 흔적을 통해 학대의 가능성을 알려주었습니다. 행주는 이미 임신을 한 몸이었습니다. 행주가 낳은 다섯 마리의 건강한 새끼는 주변의 믿을만한 분들에게 입양을 갔습니다. 초코, 별, 별, 달, 루시라는 이름을 얻고 사랑을 받으며 잘 지내고 있습니다.

　새끼 고양이의 주인들은 종종 사진이나 재미있는 일화 등을 전해올 때가 있는데 저는 그때마다 묘한 감정을 느낍니다. 길에서 보잘 것 없어 보이는 동물 한 마리 데려왔을 뿐인데 행복해지는 사람의 수가 늘어났기 때문입니다. 이들은 자신의 고양이를 통해 사람 구실을 생각하게 되겠지요. 짐승을 살리자고 행한 일이 사람까지 살리다니! 행주를 통해 만난 또 하나의 가족이란 얼마나 따뜻한 이름인지 모릅니다.

　동물을 버리지 않고 책임감을 가지고 키운다는 것의 무서움을 알고 있습니다. 말도 통하지 않는 것들과 함께 살아가며 생기는 불편함도 알고 있습니다. 그래서 사람구실이 참 힘들다고, 그것을 함부로 강요해서는 안 된다고 생각합니다. 하지만 주변에 있는 존재를 배려하고 괴롭히지 않고 쫓아내지 않는 일, 이런 것들은 '사람 구실'의 기본 아니겠습니까?

오늘 밤 길에서 만나는 동물이 당신에게 의미 있는 존재가 되길, 그래서 당신도 행복해지는 밤이 되길, 빌어봅니다.

우리 모두가 잠재적 유기동물

고양이를 키우다보니 가끔 사람들이 묻습니다. "고양이는 산책도 안 시켜도 되고 개보다 조용하다던데 키워보고 싶어요. 괜찮겠죠?", "우리 애가 외동이잖아요. 동물 키우면 외동 아이 정서교육에 좋다던데 개를 키울까, 고양이를 키울까 고민이에요. 아무래도 고양이가 낫겠지요? 어디 펫 샵 추천 좀 해주세요."

고양이 키우는 것을 적극 추천하겠지, 싶어서 하는 질문이겠지만 저는 이렇게 대답합니다. "개든 고양이든 무얼 키우건 간에 세 살짜리 사람 아이와 평생 사는 것과 같다고 생각하세요. 은근히 손이 많이 가요. 털이 많이 빠지고 소파 등의 가구가 망가질 거예요. 사료 값만 생각하면 안돼요. 예방접종을 안 하더라도 중성화 수술을 해야 하거나 아플 때 동물병원에라도 데려가면 수만 원에서 수백만 원까지 깨질지도 몰라요.

여행이나 출장을 갈 때 맡길 곳은 있으세요? 유학, 이사, 결혼, 출산, 이민 등의 상황에서 어떻게 키울 수 있을지도 고민하셔야 해요. 쉽게 버릴 수 있는 물건은 아니니까요."

　그러면 사람들은 뜨악한 표정을 짓습니다. 그제야 저는 고양이가 저를 얼마나 행복하게 해주는지 설명합니다. 하지만 그 설명은 귀에 들어오지 않는지 대다수가 동물 키우기를 그 자리에서 포기했습니다. 제가 과장이 좀 심하다고요? 아닙니다. 제 경험을 토대로 사실만을 얘기했습니다.

　얼마 전 EBS 채널에서 〈하나뿐인 지구〉라는 프로그램을 보았습니다. 그 프로그램에서는 '강아지 공장'을 주제로 공산품처럼 쉽게 만들어져 팔리고 쉽게 버려지는 강아지들이 나왔습니다. 좁은 우리에 갇혀 발정유도제를 맞아가며 쉴 새 없이 새끼를 낳는 개의 모습을 보고 저는 경악을 했습니다. 그렇게 태어난 강아지는 누군가의 집으로 싼값에 팔립니다. 그렇게 팔려가서 잘 살아가느냐, 그렇지도 않습니다. 1년 발생 유기견 수는 6만 2천 119마리, 안락사당하는 수 1만 8천 849마리, 자연사 포함해서 폐사처리 되는 수 2만 8천 380마리(출처: 2013 농림축산검역본부실태조사)라고 합니다. 유기견의 수는 집계된 수보다 실제 버려지는 수가 더 많을 것입니다. 언젠가 '우리나라 동물들은 모두 잠재적 유기동물입니다.'라는 전문가의 말을 들었는데 방송을 보면서 새삼 실감할 수 있었습니다. 생명을 이렇게 쉽게 키우고 쉽게 버리다니 개나 고양이 입장에서는 살아가는 현생이 지옥이 아닐까, 생각합니다.

유기동물 보호소에서는 지자체의 예산만으로 버려지는 동물을 수용하는데 한계가 있습니다. 매일 버려진 개들이 들어오기 때문입니다. 아픈 곳 없이 멀쩡한 동물이라도 법적으로는 보호기간 10일이 지나면 안락사 당합니다. 그 동물들이 살 수 있는 방법은 주인을 찾아 집으로 돌아가거나, 새로운 누군가가 입양해가는 것입니다. 그런데 입양되는 수는 턱없이 부족합니다. 마음만 먹으면 아주 어리고 귀여운 강아지를 싼 값에 살 수 있으니까요. 유명스타 이효리 씨가 '사지 말고 입양하세요.'라고 말한 데에는 이런 사정이 있었던 것입니다.

초등학생들과 글쓰기 수업을 하다가 아이들이 자신의 집에서 키우던 개를 부모님이 힘들어서 버린 일을 아무렇지도 않게 설명할 때, 버려진 고양이에게 초등학생 아이가 먹을 것을 주기에 기특하다고 칭찬했더니 사실 자기 집에서 키우던 고양이를 엄마가 버린 거라고 말하는 상황을 맞닥뜨릴 때 저는 이게 무슨 교육인가, 싶어 놀랐습니다. 이 아이들은 책임감을 배우는데 시간이 꽤 걸릴 것 같습니다. 살아있는 것을 쉽게 사고 쉽게 버리는 이 마음을 훗날 사람에게도 적용하게 될까 무섭습니다. 현실이 어쨌건 내 아이가 원한다는 이유로, 내 아이의 정서교육에 좋다는 이유로 키우고 싶어 하는 부모님들께 묻고 싶습니다. "그 강아지를 실제 키우는 것은 부모님입니다. 부모님의 정서는 괜찮으신가요?"

about a cat
-이것은 사람에 대한 이야기

2007년 가을의 어느 날. 나는 요산문학관의 안내데스크에 앉아있었다. 개관한 지 얼마 되지 않은 때라 방문객이 적었으므로 나는 대개 책을 읽거나 청소 따위를 하며 시간을 보냈다. 그 해에 등단을 했는데 도무지 소설을 어떻게 써야하는지 몰라서 머리털을 쥐어뜯으며 시간을 보냈다. 아직 이십대인 나는 공무원 시험도 준비하고 있었는데 돌이켜보면 그곳에서 공부를 했던 기억이 별로 없다. 역시, 머리털 뜯기에 골몰하고 있었던 거다. 그즈음 공무원 시험을 준비하기보다는 글 쓰는 일에 집중하는 것이 오히려 돈을 버는 일이 아닐까, 그런 의심을 시작했는데 그렇다고 단정 짓기에는 내 능력이 한참 모자랐다.

그렇게 황송한 고민으로 머리를 쥐어뜯으며, 그 와중에 배는 어김없이 고파 와서 홀로 중국집 볶음밥을 시켜먹으며,

나는 모니터에 튄 짜장 얼룩을 닦았다. 그때의 '외로운 황홀한 심사'를 어찌 표현해야 할까.

그렇게 밥을 씹다보면 자꾸만 시끄러운 소리가 들렸다. 어느 사내의 목소리였는데 그는 마구 화를 내고 있었다. 문학관 건물 바깥에는 요산 김정한 선생님이 서 계셨다. 담배를 든 채 '사람답게 살아가라' 붉은 연기 같은 말씀을 내뱉는 그는 문학관 저편 담 너머를 내다보며 웃고 있었다. 선생님, 왜 문학관 안쪽 대문이 아니라 바깥쪽을 보시나요. 대문으로 들어오는 사람들을 맞아주셔야지요. 그는 대답이 없다.

그가 내다보는 담 너머에는 허름한 집이 한 채 서 있었다. 돌을 얹어놓은 슬레이트 지붕과 활짝 열린 작은 나무문, 문 안쪽으로는 현관 없이 바로 부엌이 시작되었다. 그래서 지나가는 사람이라면 누구나 그곳의 낡은 부엌살림을 맞닥뜨렸고 그때마다 집안 살림은 자신의 허름함을 속수무책으로 들켜야했다.

그 문 앞에 등이 굽은 할머니가 있었다. 그녀는 문 앞 골목길을 마당삼아 작은 수레에 담긴 고물과 폐지 등을 정리하고 있었다. 할머니는 수레를 정리하며 애써 누군가를 피하려는 듯 몸을 돌리고 서서 그 누군가를 흘끔거렸는데 담벼락에 기대어 앉아 욕을 하는 사내였다. 그 사내는 술에 잔뜩 취해서

악을 썼다. 이 세상이 나한테 해준 게 뭐가 있냐며 씨발씨발, 부모라고 나를 낳아서는 뒤를 봐준 게 뭐가 있냐며 씨발씨발, 말끝마다 욕이었다. 깡마른 몸에 시커먼 얼굴을 가진 그는 일주일에 두세 번씩 그렇게 술에 취해 화를 냈다. 그는 할머니의 아들로 보였다. 느릿느릿 폐지를 주워 생계를 해결하는 어머니 앞에서 어머니를 욕하는 알코올중독자라니.

참, 사람답게 살아야 될 짐승일세. 그때의 나는 그를 향해 그렇게 욕하고 자리를 떴다. 그가 왕왕 시끄러운 소리를 낼 때마다 문학관 문을 닫아버리고 그 소리가 잦아들 때까지 애써 무시했다. 몇 달 뒤, 나는 요산문학관을 떠났다. 공무원 시험을 접고 이런 저런 직업을 전전하며 아주 느리게 소설을 썼고 결혼을 했다. 파킨슨 진단을 받은 엄마의 고통과 그로 인해 다투거나 무너지는 식구들의 모습을 목격했다. 사회적으로 일어난 일련의 사건들을 통해서 나로서는 납득이 되지 않아 정권을 욕하기도 했는데 집 안팎으로 '콩가루'라는 생각이 자꾸 들어 가끔 문학관 옆집 모자를 떠올렸다.

그렇게 돌고 돌아 2015년, 다시 문학관에 나오기 시작했다. 문학관은 사람의 손을 타서 좀 더 따뜻한 분위기로 바뀌었고 방문객의 수가 많아졌다.

가끔 궁금했던 담벼락 너머 집은 폐쇄되어있었다. cctv

작동중이라는 문구 말고는 그 모자가 그 뒤로 어떻게 되었는지 알 수 있는 정보는 없었다. 그 집을 떠나기 직전의 모자(母子) 모습을 여러 가지로 상상해 봤는데 좋은 결말이 없었다.

통유리 너머, 요산 선생님은 여전히 사람답게 살아가라며, 담벼락 너머를 내다보고 계셨다. 그 사람답게 살라는 말씀은 무기력하게 길바닥에 주저앉아 그저 욕하는 것 말고는 아무것도 할 수 없던 그 사내를 향한 것이 아니었다. 그 사람을 보는 내게 향한 말이었겠지. 역시 나는 머리털을 쥐어뜯을 만큼 세상사는 일을 잘 이해하지 못했고 지금도 그래서 머리털을 쥐어뜯고 있는 것이다.

부산광역시 부산진구 연지동 41-5번지 27통 3반 백미세탁소로 시작하던 내 유년의 집. 이사 와서 세 들어 살던 건물의 위치가 한 번 바뀌긴 했으나 삼십년 동안 같은 동네 사람들의 옷을 빨아내고 다렸던 곳이다. 엄마와 아빠는 이름표를 달지 않은 옷이라도 자주 보던 옷은 주인을 단박에 알아맞히곤 했다. 좀 과장해서 말을 하자면 이 동네의 청년들은 우리 부모님이 세탁해놓은 교복을 입고 학교를 다녔다. 그런 세탁소가 2015년 가을에 사라졌다.

옛 하야리아부대에 부산시민공원이 들어서자 집값이 오르더니 동네 분위기가 변했다. 오래도록 살던 동네 사람들이 떠나고 새로운 주민이 이주를 해왔다. 결국 세탁소가 있던 건물 역시 도시형 생활주택을 짓게 되므로 이주를 하라는 통보를 받았다. 진작 닫았어야 할 가게였다. 단골손님들은 모두 은퇴하여 손님 수는 줄어들었고 세탁편의점의 등장으로 가격 경쟁에서 밀려 손님이 얼마 없었다. 문을 닫고 폐업 신고를 했다. 807-5988. 삼십년 동안 쓰던 세탁소 번호로 전화를 걸면 '지금 거신 전화번호는 없는 번호입니다'라는 안내만 나온다. 친정 식구들은 옆 동네로 이사해서 살고 있다.

만약 세탁소가 계속 운영되고 있었다면 세탁소를 사랑방 삼아 오고가는 동네 아주머니들의 이야기를 이 원고에 썼을 것이다. 내 소설에 직접적인 이야기 소재가 되진 않았지만 그 녀들의 대화가, 엄마를 통해 듣게 되는 그녀 혹은 그의 사연은 이 세상을 간접적으로 겪게 하는 중요한 '말씀' 같은 것이 었다. 하지만 지나고 보니 쓸 수가 없다.

그렇다면 나는 무엇을 써야 하는 것일까. 내 이웃은 누구 인가. 나는 원고청탁서를 꺼내 몇 번을 다시 읽어보았다. 청 탁서의 내용을 발췌하자면 아래와 같다.

우리가 작가로부터 기대하는 타자는 작가 스스로를 성찰케 하는 '사 람'이다. 말 그대로의 '사람'. 매체의 담론 속에서 철저히 소외된 '이 웃'의 초상. 그럼에도 불구하고 작가의 내면을 뒤흔드는 지옥이자 천

국으로 작용하는, 그러나 결국은 천국이라고 할 수밖에 없는 '이웃'
에 대한 이야기.

　　내게 지옥이자 천국으로 작용하는 존재. 사람답게 살기
위해 들여다 봐야하는 존재. 내게 그것은 '고양이'이다. 산문
을 쓸 때마다 고양이가 내게 얼마나 소중한 존재인지, 고양이
로 인해 내가 어떻게 사람구실을 하게 되었는지, 왜 더 나은
사람이 되려고 노력하게 되었는지 자주 말했다.

　　내 소설에는 고양이가 자주 나온다. 물론 고양이라는 소
재가 직접적으로 나온 소설은 두 편밖에 없다. 작품의 등장인
물이 내가 관찰한 고양이들의 은유적 표현이라면 말이 될까.
내게 고양이는 문학적 은유가 아니라 실생활에서 만나는 은
유다. 내가 아직 낳지 않은 딸이자 아들이고 버려진 고아이며
이 세상에 적응 못한 루저이자 노숙자이며 돈을 얻기 위해 고
통당하는 동물이나 자연이다.

　　요즘의 고양이는 대책 없이 바깥으로 떠밀려나가는, 자
본에 쫓겨나는 난민으로 읽힌다. 요산문학관 옆집을 떠났을
사람들 같기도 하고, 30여년을 살던 곳에서 떠나야하는 우리
가족 같기도 하다. 잘못한 것 없는데 죽어야했던 '아일란 쿠르
디'라는 세 살배기 시리아 난민으로 보이기도 한다. 이 세상일
을 고양이를 통해 더욱 공감하고 이해하다니, 우스운 일처럼

보일 지도 모르겠다.

친정집이 새로운 집으로 이사를 하고 일주일 후, 친정에서 키우던 고양이가 가출을 했다고 연락이 왔다. 낯선 집에 적응을 못하고 현관문이 열리는 틈을 타 호기심을 이기지 못하고 잽싸게 뛰어 나갔는데 그 뒤로 보이질 않는다고 했다.

나는 그 동네로 달려가 고양이 찾기를 시작했다. 자그마치 10년을 키운 고양이였다. 내 다리 사이에서 잠을 자고 결혼한 이후에는 자주 가지 못해도 만날 때마다 늘 반갑다고 울며 내 다리에 이마를 비비던 짐승이다.

빌라가 우후죽순 난립한 그 동네는 고양이들이 들 수 있는 빈틈과 위험해 보이는 구조물로 가득 차 있었다. 돈 때문에 사람의 생활을 고려하지 않고 마구잡이로 건물을 지어놨고 동네에 정착해서 사는 사람보다 2년 단위로 드나드는 사람이 더 많은 동네였다. 버려지는 고양이도 많은 것 같았다. 골목 구석구석에 몰래 버린 쓰레기가 뒹굴고 있었다. 이런 곳에는 주워 먹을 것이 거의 없고 특히 물은 기대할 수도 없다. 길고양이는 쓰레기봉투를 물어뜯을 수밖에 없는데 사람들에게 미움을 사는 일이라 큰 해코지를 당하기 쉽다.

고양이는 영역동물이라서 낯선 고양이를 만나게 되면 큰 싸움이 일어난다. 어느 골목에서 고양이 싸우는 소리를 듣고 부리나케 달려 나갔다. 싸우는 고양이가 우리 고양이면 어쩌나, 그래도 우리 고양이면 좋겠다, 뛰는 동안에도 마음은 여러 갈래로 흩어져 정신이 없었다. 그 골목에 막 도착했을 때 고양이 한마리가 황급히 몸을 피해 도망가는 것을 보았다. 우리 고양이는 아니었다. 그 고양이 뒤로 돌이 날아갔다. 그 돌을 던진 사람은 어느 빌라에 사는 주민이었다. 시끄러워서 살수가 없다고 욕을 하는 아저씨는 나머지 한 마리를 향해 돌을 마구 던졌다. 나는 아저씨에게 고양이를 잃어버려서 그러는데 고양이의 생김새가 어떠냐고 물었다. 몰라요 몰라, 대답도 대충 하는 그는 나 들으라는 듯 화를 냈다. 밤이고 낮이고 시끄러워서 큰일이라고, 고양이 밥 주는 사람들 때문에 더 그렇다고, 조만간 쥐약을 사다가 놓아야겠다고, 다 뒈져야 조용하지, 씨발씨발 거렸다. 나는 그 아저씨의 태도에 화가 나서 한마디 쏘아주고 싶었다. 하지만 요즘 캣맘(길고양이들에게 집, 밥, 의료적 지원을 하는 사람)에 대한 테러가 자주 일어나서 감히 하질 못했다.

돌아서서 터덜터덜 집으로 돌아오는데 나의 비겁함과 아저씨의 자비 없음 때문에 눈물이 났다. 속에서 아저씨에게 하지 못한 말들을 계속 곱씹었다. 아저씨, 여기도 재개발구역으로 확정되면 몇 년 안에는 모두 떠나야 하잖아요. 아무리 상대방에게 저주를 퍼부어도 우리 모두 같은 처지 아닌가요? 저 고양이들은 영문도 모르고 사람이 떠난 폐허에서 더욱 힘들게 지내요. 영역싸움을 각오하고 목숨을 걸며 먹이를 찾아 옆 동네로 옮겨가야 한다고요. 그냥, 봐주시면 안 되나요? 구청에 전화하면 고양이 잡아가서 중성화 수술을 합니다. 다시 돌아온 그 고양이들은 발정이 오지 않아서 이상한 소리도 안내고요. 새끼도 못 낳으니 개체수가 늘지 않아요. 고양이가 그 동네에 남아있으면 다른 지역에서 고양이가 넘어오지 않고요. 그러다보면 수명이 다해 죽을 것이고 길고양이는 서서히 사라지게 될 거에요. 그 고양이들에게 약간의 먹이와 물만 제공하면 쓰레기봉투를 뜯지도 않아요. 고양이의 배설물이 귀찮기는 하겠지만 그 배설물이 시궁쥐를 쫓는 역할도 한다고 하니, 그것을 치우는 약간의 수고만 감당해주시면 우리 모두 평화롭게 살 수 있다고요.

하지만 알고 있다. 이런 말들이 쉽게 통하지 않는다는 것을. 쉽게 통한다면 시리아 난민이 왜 생기겠는가. IS가 그런 짓을 왜 벌이고 다니겠는가. 그러므로 나는 내 글에 하고 싶은 말을 쓰기로 했다. 자주 말하다보면 당연하듯 익숙해지겠지, 그런 생각으로.

동생과 나는 고양이를 찾기 위해 그 빌라촌의 더럽고 음습한 골목과 건물 틈을 3주 동안 기어 다녔다. 길에서 우연히 마주치는 고양이들에게 가지고 있던 사료를 나누어주었다. 내가 주는 사료가 그 아이들의 마지막 만찬일 수도 있는 일이었다. 마침내 비쩍 마른 우리 고양이를 겨우 찾아낼 수 있었다. 지옥을 다녀온 고양이는 한동안 어두운 구석에 박혀서 나오지 않았다.

얼마 전 기록적인 한파로 세상이 꽁꽁 얼어붙던 시기에 우연히 보게 된 한 장의 사진이 있다. 하얀 눈이 내린 길 위에 놓인 하얀 비닐봉투. 그 속에 하얀색 강아지가 웅크리고 누워 있다. 뉴스 기사에서 본 사진인데 페이스북 '여주 사람들' 페이지에 김 모 씨가 올린 사진이라고 한다.

하얀색이 세 번이나 나오지만 실상은 전혀 깨끗한 이야기거나 아름다운 이야기가 아니다. 사진을 찍은 사람이 버스 정류장 가로등 아래 출근길에 봉투를 보았는데 그 속에는 추위에 동사한 강아지가 담겨있었다고 한다. 강아지 동사한 것이 사람과 무슨 상관이냐고 하겠지만 '버스정류장, 비닐봉투'라는 단어만 봐도 저 죽음은 분명 '인공적인' 것이다. 아직 어린 새끼 같은데 저렇게 둥글게 웅크리고 죽기까지 누군가 유기했거나 학대했거나 방관했다는 뜻이기도 하다. 나는 이 강아지가 아일란 쿠르디라는 난민과 다를 바 없다고 생각한다.

사람과 동물에 대해 함부로 대하는 것. 나는 이것이 스스로 지옥을 만드는 것이라고 생각한다. 누군가는 짐승을 싫어할 수도 있는 일이다. 하지만 싫다고 해서 학대를 하거나 상처를 주는 일까지 권리로 가질 수는 없다. 우리는 너무도 쉽게 지옥에 노출되어 있고 그 지옥문은 자주 열린다. 다행인지 불행인지 그 문안의 풍경이 지옥인지 아닌지 우리는 쉽게 알지 못한다. 내게 지옥문은 생각보다 자주 열리는데 그 문 안쪽에는 고양이나 강아지, 힘없는 사람이 웅크리고 앉아있는 장면이 많다. 이 지옥문에 손 한 번 뻗어서 그들을 밖으로 나오게 하는 일이 얼마나 힘든 일인지 알고 있다. 그래도, 우리는 손을 뻗어야하지 않을까. 내가 저 지옥문 속에 앉아있을 지도 모르는 일 아닌가. 이름을 불러주는 일과 손을 잡아주는 일이 소설에 자주 등장하는 이유는 이런 일들 때문이다.

요산문학관에 하얀 길고양이-흰냥이가 둥지를 틀었다. 9월에 새끼를 세 마리 낳았는데 요산문학축전 기간에는 새끼를 물고 다른 곳으로 잠시 사라지기도 하는 영리함을 보였다. 먹을 것이 전혀 없는 문학관에 자리를 잡다니 그 동네에서 힘이 약한 고양이가 분명해서 나는 가끔 고양이 사료와 물을 챙겨주었다. 좀 더 친해지면 포획해서 중성화 수술을 시키려고 했는데 다른 분이 신청해서 진행했는지 어느 날 왼쪽 귀 끝이 잘린 채(중성화 수술을 했다는 표식이다) 나타났다. 흰냥이말고 다른 어미 고양이가 한 마리 더 있었는데 이제 7개월 정도밖에 안돼 보이는 삼색 고양이-삼색이었다, 아마 첫 발정기에 바로 임신을 했을 것이다. 그 삼색이는 새끼를 다섯 마리 정도 낳은 것 같았는데 자신 스스로가 아직 어른이 되지 못해서 새끼를 돌보는 일에 서툴렀다. 흰냥이는 삼색이와 한 공간에 사는 것을 이해해주고 삼색이의 새끼들이 흰냥이 가족이 먹고 남긴 사료를 먹는 것을 눈감아줬다. 삼색이는 흰냥이보다 한 달 먼저 새끼를 낳았다. 하지만 데리고 다니는 새끼들이 한두 마리 보이지 않더니 겨울에는 마지막 남은 젖소무늬 새끼를 아예 버리고 떠났다. 젖소는 훨씬 먼저 태어났지만 흰냥이 새끼의 절반크기밖에 되지 않았다. 비정한 세상에 버려진 젖소는 살기 위해 흰냥이를 쫓아다녔다. 흰냥이는 젖소가 한 공간에 있는 것은 봐주었지만 가까이 오는 것은 용납하지 않았다. 길고양이에게 척박한 길바닥 삶은 전쟁통이나 다름없다. 그런데 식구가 늘다니 말도 안 되는 일이었다. 으르렁거리며 솜방망이같은 앞발을 휘둘러 젖소를 때려 내쫓고는 했는데 젖소는 더욱 아웅거리며 악착같이 흰냥이를 쫓아다녔다. 보는 내가 마음이 짠할 정도였다. 며칠 후 흰냥이는 젖소를 식구로 받아주었다. 나오지 않는 젖도 물리고 얼굴을 핥아주며 세수를 시켰다. 내가 부어준 사료를 자식들이 다 먹을 때까지 기다렸는데 그 자식이 젖소여도 기다려주는 모습을 보였다. 유난했던 올 겨울 한파를 이 다섯 식구는 서로를 끌어안으며 버텨냈다. 지옥문 안에 손을 내미는 일이 어떤 의미인지 흰냥이 식구를 통해 배운다.

친정엄마를 돌보기 위해 친정동네로 이사를 왔던 우리 식구도 곧 이 동네를 떠나야한다. 새로 이사 갈 집을 알아보던 우리 부부는 집 없이 떠도는 유목민, 아니 난민 같은 삶 때문에 피로했다.

결국 우리 식구는 수정동 산 바로 아랫집에 이사 가기로 결심했다. 남편과 함께 여러 가지 작업을 하는 분이 작업실용으로 작은 집을 샀는데 그 집을 수리하면 그곳에 세를 내고 들어가 살기로 한 것이다. 우리식구와 그 분이 서로에게 손을 내밀어 가족처럼 함께 사는 일이 어쩌면 불편할 지도 모르겠다. 산동네라 교통이나 여러 편의시설을 이용하는 일에 있어서도 불편할 것이다. 하지만 지금의 삶보다는 훨씬 재미있고 나은 삶이 되지 않을까. 고양이를 찾으며 다녔던 빌라촌과 전혀 다른 소박하고 깨끗한 골목길에 나는 마음을 놓기로 했다.

결혼하고 늘 아파트에서만 살았는데 이제는 주택에서 산다는 점이 가장 설렌다. 그곳에서는 어느 고양이가 내게 손

을 내밀어줄까. 나를 더 나은 사람으로 만들어줄 그 고양이
를 위해 나는 집 근처에 그들이 마실 물을 한 바가지 떠다놓
을 생각이다.

식당을 선택하는 방법

　식당을 선택할 때 맛, 가격, 위치 말고 무엇을 또 따질까. 나처럼 고양이에 대한 애정을 가진 사람들은 길고양이를 위해 사료를 둔 식당을 발견하면 SNS 등을 통해 위치 정보를 공유한다. '경기는 날이 갈수록 나빠지는데 은혜도 모르는 고양이 따위 도울 정신이 있느냐, 고양이가 식당 앞에 있다니 불쾌하다'는 손님의 항의가 있을 텐데 꿋꿋하게 나누는 그 마음이 고마워서다.
　가게에 딸린 집에서 살던 시절, 내가 키우던 고양이는 가게 앞에서 벌레를 잡아오곤 했다. 날개가 다 찢어진 잠자리를 내 발치에 놓는 봉순이의 의기양양한 표정과 당혹감에 어쩔 줄 몰라 하는 내 표정은 자주 마주쳤다. 어느 날은 자다가 눈을 떴을 때 내 베개 옆에 새 한 마리가 누워있어 소스라치게 놀라기도 했다. 고양이에게 먹을 것을 주거나 도움을 주면 고양이는 그 고마움에 보답하기 위해 자신이 사냥한 것을 상대방에게 나눠준다. 벌레와 새의 사체는 사실 '선물'이었던 셈이다. 그 사실을 안 후로 나는 봉순이가 무언가를 잡아오면 기쁜 표정으로 칭찬하고 봉순이가 보지 않을 때 그것들을 애도하며 수습하곤 했다.

요산문학관에 있으면 여러 고양이를 만나는데 자주 보이는 고양이 중 한 마리는 고등어무늬의 대장이다. 그는 자신의 영역을 관리하기 위해 하루에도 여러 번 문학관 마당을 오간다. 다른 구역의 고양이가 나타나면 피를 부르는 난투극도 불사하며 구역을 지킨다. 한 가지 흥미로운 것은 자신의 구역에 있는 새끼고양이는 공격하지 않는다는 점이다. 모든 수컷고양이가 그런 것인지는 모르겠지만 그는 얼마 전부터 독립을 시작한 새끼고양이가 내가 준 사료를 중간에 가로채지 않고 다 먹을 때까지 기다려주었다. 힘이 없는 약자와 나눠먹을 줄 아는 대장이라니, 멋지지 않은가.

친한 사람들과 중앙동에 밥을 먹으러 갔다. 유명하다는 말과는 거리가 먼 허름한 외양의 가게였다. '착한가격인증업소'라는 팻말이 달려있었다. 대구뽈찜을 먹었는데 저렴한 가격과 꽤 괜찮은 맛의 음식이었다. 일하는 '이모'들도 있는데 이렇게 가격이 싸도 되냐고 물었더니 옆 사람 하는 말이 가게를 꾸미지 않고 반찬의 종류를 단순하게 정해놓고 파는 것이 저렴할 수 있는 이유라는 것이다. 밥을 먹고 나서는데 사장님으로 보이는 아저씨가 겨울인데도 반팔 티셔츠를 입은 채 문까지 열어주며 배웅을 해주셨다. 들어올 땐 몰랐는데 문 밖에 사료가 수북이 담긴 그릇이 있었다. 가게 한 편에 놓인 낡은 우산 아래에 삼색 고양이가 잠을 자고 있었고 노란 고양이가 가게를 기웃거렸다. 아, 문턱이 이렇게 낮은 가게라니, 이 정도면 정말 '착한 가게' 아니겠는가. 자신의 가게를 찾아오는 모두에게 친절하게 저렴한 음식을 제공하다니 제대로 나눠먹을 줄 아는 가게다. 나는 이곳에 자주 오게 될 것을 예감했다.

집으로 돌아오는 길에 저 노란 고양이와 삼색 고양이가 식당의 은혜를 갚기 위해 무언가를 물고 오는 장면을 상상했다. '금덩이'를 물어다주거나 나처럼 고양이를 좋아하는 손님을 잔뜩 몰고(?)오는 장면 말이다. 올해에는 이런 복된 가게가 많이 보이길 소망한다.

추억의 맛

친하게 지내는 이웃집에는 고양이가 4마리 산다. 그 중 '오월'이라는 고양이는 몇 해 전 여름날 비쩍 마른 몰골로 길에서 비 맞으며 홀로 죽어가고 있었다. 어미가 새끼를 데리고 살기가 고단했는지 일찍 버린 모양이었다. 다행히 맘씨 좋은 사람을 만나 살아난 오월이는 육식동물답지 않게 과일을 좋아한다. 사람이 먹고 있는 과일 접시 앞을 기웃거리는 모습을 보며 우리는 오월이가 길 생활을 할 때 어미와 함께 제삿밥을 맛있게 먹었던 기억이 있을 것이라 추측했다. 고양이는 어린 시절 맛있게 먹었던 음식을 기억하고 커서도 그 맛을 좋아한다는 글을 읽었기 때문이다.

나의 고양이 '봉순'이는 일광의 바닷가마을에서 데리고 왔는데 오징어만 보면 건조되었거나, 생물이거나 가리지 않고 달려들었다. 봉순이가 태어난 집의 주인은 마당에 널어놓은 생선이나 오징어를 어미가 물어 가서 봉순이에게 먹였을 거라고 했다. 어쩌다 발견한 과일을 맛있게 먹은 오월이라니, 12살 할머니 고양이 봉순이의 오징어 사랑이라니, 왠지 애틋한 마음이 든다.

하성란 작가의 소설 〈여름의 맛〉에는 혀가 기억하는 '여름의 맛'에 대한 이야기가 나온다. 잡지사 기자인 '최'는 우연히 먹었던 복숭아의 맛을 잊지 못해 지방 출장을 자원하면서까지 '그날의 복숭아 맛'을 찾아다닌다. 이런 '최'에게 맛이란 음식이나 재료의 맛이 아니라 추억의 맛이라고 알려주는, 요리 연구가 '김'이 있다. '김'이 여름의 맛으로 꼽은 음식은 어머니의 장례식이 끝나고 아버지가 사준, 촌 여자들이 만들어 파는 콩국이다. '국물과 함께 차갑고 미끄러운 것이 목구멍을 타고 넘어갔다. 나는 그것이 작은 물고기일 거라고 생각했다. 웃으면 안 되는데 나는 목구멍이 간지러워서 자꾸 웃음이 났다. 그 무덥고 무덥던 여름날의 콩국 한 그릇.' 암 투병을 하며 죽어가는 김은 그날의 콩국을 다시 먹어보고 싶어 한다. 그녀는 그 콩국을 찾아 먹었을까. 먹으면서 어떤 생각을 하게 될까.

남편에게 당신이 추억하는 여름의 맛은 무어냐고 물었다. 시골에서 자란 그는 서리해서 먹던 '오얏의 맛'이라고 말했다. 농촌은 과일을 사먹을 수 없는 상황이라 계절마다 서리해서 먹었는데 여름에는 자두보다 작고 새콤한 '오얏'이라고 했다. 남편이 여름마다 자두를 즐겨 먹는 이유를 조금 알 것 같았다. 내가 기억하는 여름의 맛은 냉장고에 들어있던 차가운 보리차다. 주둥이와 손잡이가 달린 플라스틱 물통에 보리차를 담아 냉장고에 넣고 마시는 일은 여름에만 있었다. 뜨거운 태양 아래 놀다가 들어와서 씻지도 않고 꺼내 마시던 그 보리차. 반투명 플라스틱 표면에 송글송글 맺힌 물방울과 그 위에 손가락으로 써보던 내 이름, 이름 위로 찍히는 구정물, 차갑다기보다는 서늘한 기운의 물이 목구멍을 타고 흐르는 그때의 느낌은 아직도 잊히지 않는다. 정말 맛있고 구수했는데 지금은 그때의 보리차 맛이 나질 않는다. 혀에 각인된 추억의 맛은 매우 강해서 오월이, 봉순이, 남편, 내가 추억하는 그 맛들은 아마 다시는 찾아내지 못할 것이다.

그러고 보니 나의 고양이 '순대'는 빵 등을 포장할 때 쓰는 비닐에 붙어있는 '접착제'를 유독 좋아하고 핥는다. 순대 역시 길 생활을 하던 고양이다. 비닐 접착제라니, 순대가 어떤 환경에서 살다 왔을지 도무지 짐작되지 않아 슬프다.

5. 지금은 썰매 정비 중입니다

예술가의 자리

　체코 프라하에서 목격한 장면 하나. 화끈하게 벗은 남성의 신체를 가진 '청동상' 두 명이 서로 마주보고 거시기를 쥔 채로 오줌을 싼다. 골반과 거시기까지 흔들어가며 말이다. 그것도 체코의 지도를 형상화한 연못 위에 서서. 체코의 설치작가 다비드 체르니의 작품이다. 저 둘은 참 허물없는 사이구나, 킥킥거리며 웃고 지나치는데 가이드가 '엉덩이를 흔드는 이유는 체코의 지도 위에 체코를 욕하는 말을 쓰고 있기 때문'이라고 귀띔해줬다. 깜짝 놀랐다. 체코 정부는 저 설치작품을 허용할 만큼 다비드 체르니와 허물없는 사이일까?

　프라하에서 목격한 장면 둘. 프라하는 도시 전체가 카프카 박물관과 같았다. 그의 온 생애가 도시 구석구석에 흔적으로 남아 있기 때문이다. 그렇다면 굳이 카프카 박물관에 찾아갈 필요는 없지 않을까? 오산이었다. 박물관은 건물 자체가 카프카 작가를 작품화한 것이었다. 카프카의 각 작품은 영상물이나 설치물 등 '또 하나의 작품'으로 형상화했고 그와 사랑을 나눈 여인에 관한 정보 또한 관람객은 흥미롭게 읽을 수 있었다. 박물관을 나설 때쯤에는 아직 읽지 않은 카프카의 다른 작품을 찾아 꼭 읽어보고 싶다는 생각마저 들었으니 좋은 경험이었다.

요즘 스스로의 자리에 대해 고민을 하고 있다. 소설을 쓰는 내 자리는 어떤 자리여야 하는가. 이 자리는 발견 '당하는' 자리이다. 인정을 받고자 하는 욕구가 생길지 모르겠지만 그럴수록 작가 스스로 어느 자리를 선택하지 않고 늘 경계에 선 채로 내가 쓸 수 있는 작품, 쓰고 싶은 작품, 써야 하는 작품을 만들어야 하지 않을까, 그런 고민을 한다. 프라하는 '발견 당한 작가들' 자리를 너그럽게 받아들이고 새롭게 재해석하는 시도를 아끼지 않았다. 그것은 체코라는 이름이 '문지방'이라는 뜻을 가진 것처럼 경계에 서 있는 작가들을 존중한다는 의미로 읽혔다. 존중받으려면 나는 어떻게 해야 하는가. 더더욱 내 자리를 지워가며 소설을 쓸 수밖에.

한 달 전 폐막한 '무빙트리엔날레 메이드인부산' 행사의 '아트투어'에 참가한 적이 있다. 미술관이 아닌 중앙동에서 역사적으로 의미 있는 장소에 전시회를 차렸는데 이 전시 장소를 여행하듯 돌며 지역과 골목의 역사와 모르는 작가의 작품을 새삼 발견하는 기회가 되었다.

　어깨에 힘주고 검열하는 것이 아니라 여행하듯 눈과 귀와 마음을 열고 받아들이는 것. 지금 내게, 당신에게 필요한 것은 그런 것은 아닐까. 프라하의 밤이 깊다.

글쓰기의 동력은 '버티는 힘'

　부산소설가협회의 계좌 업무를 보기 위해 들른 은행에서 창구 직원이 물었다. "작가들은 글쓰기 위해서 여행도 많이 하지요? 부러워요." 초등학교 글쓰기 수업을 하는 첫 시간에 아이들은 이렇게 말한다. "엄마가 여기 가라고 해서 왔지만 저는 '원래' 못 써요."

　'문학 작가'라는 말을 했을 때 대다수가 글쓰기의 소재는 먼 나라의 여행 등을 통해 얻어지는 것이고 글쓰기는 '원래부터' 잘 쓰는 특별한 사람만 할 수 있다는 반응을 보인다. 이 공식으로 따진다면 나는 작가가 될 수 없다. 부산을 떠나 타지에서 살아본 적 없는 토박이에 여행의 경험이 얼마 없고 대학 3학년부터 겨우 소설 쓰기를 시작했기 때문이다.

　내가 소설의 소재를 얻는 경우는 일상생활을 하면서다. 밥을 지어 먹고 버스를 타고 장을 보고 누군가와 만나서 이야기를 나누고 술을 마시고 싸우는 모든 과정에서 얻어진다. 이 과정에서 기억에 남는 일들이 내 안에서 '어떤 의미'를 가지는지 관찰한다. 그 의미가 맞는가, 계속 의심한다. 그러다 문득, 다른 의미 있는 이야기와 연결할 수 있는 지점을 발견한다. 그러면 이야기는 천천히, 그러나 눈덩이처럼 조금씩 불어난다.

이 불어난 이야기가 그대로 글이 되지는 못한다. 이야기의 몸집을 줄이고 군더더기도 빼야 한다. 쓰고 고치고, 쓰고 고치고, 고치고, 고치고, 고치고 하다 보면 글이 나온다. 결국, 글이란 내가 발 딛고 사는 지금, 이곳의 생활을 열심히 관찰하고 솔직하게 쓰되 오래도록 앉아서 고치면 나온다. 쓰는 것보다 고치는 일이 더 중요하지만, 이 과정이 쉽지만은 않다. 솔직하게 말하자면 나도 글을 고치다가 '멘탈 붕괴'를 여러 차례 겪고 그만둘 것인가, 절망하기도 했다.

소설가 이외수가 젊은이에게 하고 싶은 말을 묻자 그가 이렇게 답했다고 한다. "'존버 정신'을 잃지 않아야 합니다." 존버 정신이 무엇이냐 묻자 '존나게 버티는 정신'이라 했다고. 글 쓰는 일도 마찬가지다. 누구나 글을 쓸 수 있다. 원래 잘 쓰는 사람은 없다. 다만 종이, 컴퓨터 앞에서 '존버 정신'을 잃지 않고 앉아 있는 사람, 그가 결국 잘 쓰게 된다.

새해에는 이 버티는 정신을 더욱 살려보기로 다짐한다.

이 사회를, 세계를 두 눈 부릅뜨고 지켜보다가 끊임없이 의심하고 그것을 고치고자 버티는 일. 이 '버팀'은 글쓰기에만 적용되지 않는다. 이 세상 모든 것을 살리고 죽이는 일에 적용되는 힘이기도 하다.

글쓰기의 공평함

　지난 한 달을 돌이켜보니 특강을 비롯해 글쓰기 관련 강
의에 자주 나갔다. 십년이 넘도록 소설 쓰는 사람으로 살았지
만 글쓰기 수업을 하러 가는 날은 여전히 긴장된다. 나는 내
글쓰기 실력을 믿지 않기 때문이다. 글을 쓰면서 스스로 알
게 된 바에 대해 이야기하긴 하지만 그것이 과연 올바른 방법
인지 자신할 수 없다. 나를 키운 것은 문학이 아니었다. 팔할
이 무기력이었다. 공상은 했지만 미래를 계획하지 않았고 만
화책은 읽었지만 학과 공부를 하지 않았다. 대학에 입학하고
네 번의 학기를 지나는 동안 학점은 1점대에서 벗어나지 못
했다. 지금까지도 문학을 모른다는 두려움은 종종 나를 작아
지게 한다.
　그럼에도 불구하고 글쓰기 수업을 나가는 이유는 '글쓰
기는 공평하다'는 것을 알기 때문이다. 나이, 성별, 직업을 가

리지 않고 글자만 안다면 누구나 글을 쓸 수 있다. 시간을 들여서 읽고 쓰다보면 생각의 범위도 커지고 글 내용도 좋아진다. 글쓰기는 나처럼 특별한 기술이 없고 게으른 사람에게도 가능한 일이었고, 생각을 조물거리며 다듬다보니 나를 좀 더 나은 사람으로 만들어주었다. 나의 무기력이 어디서 기원했는지도 탐구하게 만들었다. 그러니 공평하다고 할 수 밖에.

성인이 되고나서 글쓰기를 처음 해본다는 분들을 꽤 만난다. 직장생활을 하면서 서류 등은 많이 작성했지만 자신의 이야기를 산문으로 써본 적은 없다는 사람들. 첫 시간에 나는 이렇게 말한다. "우리 모두가 글을 쓸 수 있습니다. 자신의 이름 앞에, 자신의 직업 앞에 '글 쓰는'이라는 말을 붙이면 되는 일입니다. 글 쓰는 이정임, 글 쓰는 군인, 이런 식으로요." 그러면 수강생들은 금방 작가가 될 것처럼 눈을 반짝인다. 하지만 수업이 진행될수록 절반의 사람들은 빠져나간다. 강사의 역량이 부족한 이유도 있지만, 글쓰기를 하고 다른 사람과 함께 그것을 읽으며 이야기 나누는 일을 어려워하기 때문이다. 분명 쉽지 않은 일이다. 하루아침에 짜잔, 하고 실력이 오르지는 않기 때문이다. 하지만 떠나간 그 분들이 계속해서 글쓰기를 시도해서 익숙해지면 좋겠다. 그게 곧 실력이 될 테니까 말이다.

영도의 작은 도서관에서 진행하는 글쓰기 수업은 성인 대상 강좌이다. 그런데 특이하게도 중학교 2학년생 두 명이 함께 한다. 수업에 참여하고 싶다는 친구들을 내칠 순 없어 함께 하는데 중간고사 기간을 제외하고는 착실하게 와서 강의를 듣고 글을 써 냈다. 어느 날 한 친구가 재건축으로 사라진 할머니의 집을 추억하는 글을 써왔다. 아래는 그 글의 한 부분이다.

…내가 기억하는 할머니와 할머니 집은 늘 노란 빛깔 햇빛이 비추고 그 빛을 따라 일렁거리는 먼지들과 언제부터 유지한 머리인지 모를 할머니의 뽀글뽀글한 파마머리 등이다. 아, 아주아주 가끔씩은 간장에 버무린 국수를 먹을 때가 있었는데 그 맛은 아직도 잊혀지질 않는다.

이 친구의 글에는 '사라진 할머니의 집이 그립다'라는 말이 언급되지 않았다. 하지만 읽는 사람 모두의 가슴에 애틋함, 그리움이라는 감정을 일렁이게 만들었다. 한 성인 수강생이 말했다. "강사님이 추상적인 단어를 직접적으로 쓰지 말고 구체적인 상황으로 읽는 사람에게 그것을 느끼게 만들어보라,고 말한 의미를 이 글을 통해 알게 됐어요." 내가 하고자 하는 말의 예시를 발견해주다니, 감격했다. 이렇게 글쓰기 수업에서는 어른이 아이에게 배우고 강사가 수강생에게 배우는 일이 다반사다. 글쓰기는 모두에게 공평하다는 것을 이 수업을 통해 다시 한 번 느꼈다.

작은 도서관 수업의 종강일이 다가온다. 글쓰기 수업 종강 즈음의 나는 수강생들이 10주 혹은 12주 동안 고심하며 쓰고, 다시 고쳐 쓴 글을 모아 문집으로 만드는 작업을 한다. 서점에서 팔지 않고, 편집도 허술한, 그저 인쇄소에서 제본한 책이지만 다행히 수강생들은 즐거워해 주셨다. 지금도 틈틈이 시간을 내어 편집을 하고 있다. '글을 쓴 사람들이 보람을 느꼈으면' 하는 바람과 '함께 읽고 이야기 나눈 사람들 덕분에 완성된 글이라는 것을 기억했으면' 하는 바람을 담아본다.

선생님들, 지금까지 자신의 이야기를 들려주서서 고맙습니다. 우리가 헤어져도 글은 계속 쓰십시오. 글쓰기의 공평함을 계속 누리십시오.

그림자가 일어선다.
-깡깡이마을, 예술문화를 만나다

상상으로 끝난 마을지도 만들기

당신이 지금 사는 그 공간은 당신에게 얼마만큼의 의미를 가지는가? 지금 그곳은 '살아가는' 공간인가, 단순히 '다음 공간으로의 이동을 위해 머무는' 공간인가.

2014년에 한국예술인복지재단에서 주관하는 〈예술인 파견사업〉에 참가한 적이 있다. 그 사업에서 나는 지역과 연계해서 초등학교 아이들과 '우리 마을(공동체) 지도 만들기'를 진행하겠다는 계획서를 만들었다.

나와 주변에 대해 생각해보고 우리 마을을 직접 돌아보며 어르신, 오래된 장소 등을 찾아 내가 발 딛고 사는 이 지역에 대해 생각해보고 소소해 보이는 것에서도 큰 자부심을 가질 수 있음을 알리겠다는 취지로 만든 것이었다. 수치로 환산되는 성공이 중요하고 여러 매체 등을 통해 서울을 비롯한 수도권이라는 큰 덩어리 위주의 권력이 중요하다고 배운 아이들에게, 아파트에서 태어나 학원을 전전하면서 이웃의 정이나 마을 공동체에 대한 경험을 겪지 못한 아이들과 내게 좋은 배움의 기회를 주지 않을까, 그런 생각을 했다. 하지만 이 사업은 실행에 옮기지 못했다. 어느 곳에서도 관심을 보이지 않았기 때문이다. 논술 등의 글쓰기가 목적인 수업이었다면 연락을 해왔을 지도 모르겠다. 자신이 사는 지역의 유명하지도 않은 동네 어르신이나 아이가 좋아하는 동네 맛집, 추억의 물건 등을 다른 친구와 이야기 나누고 지도를 만들어보는 수업계획서는 학부모에게 아무짝에도 쓸모없는 시간낭비로 보였을 것이다.

삶의 터전을 잃은 사람들에 대한 기사를 종종 본다. 자신이 가진 것보다 더 큰 힘을 가진 사람들 때문에 의지와 상관없이 떠나야하는 사람들에 관한 기사다. 그 기사는 내 마음의 밑바닥에 가라앉아있던 불순물 같은 것들을 휘저어 버리곤 하는데 아무것도 할 수 없는 나로서는 마음을 흐리는 그 불순물이 가라앉기만 기다릴 수밖에 없다. 특히 최근 1년간은 '그리운 것을 잃었다'는 이 불순물이 녹처럼 번지듯 일어나 더욱더 흐려졌다.

한때 내가 살던 연지동에는 하야리야 미군부대 담벼락이

펼쳐져 있었다. 그곳이 시민공원으로 변신해서 개장한 후 동네는 몸살을 앓기 시작했다. 주말마다 공연을 하는 통에 쿵짝거리는 소음이 집안을 울렸다. 공원을 찾기 위해 나선 외지인의 차가 골목 곳곳에 대어져 통행을 방해했다. 결정적인 것은 동네 주민의 분위기가 바뀐 것이었다. 집값이 어이없을 만큼 뛰기 시작하더니 결국 빌라, 도시형 생활주택이 우후죽순 지어졌고 음식을 나눠 먹던 이웃이 흩어졌다. 나의 친정집도 이 과정에서 사라졌다. 공사 현장에서 나오는 소음과 분진 때문에 내가 자라던 그 골목의 남은 사람들은 현수막을 내걸고 건설회사와 싸우고 있는 모양이었다.

내가 고향이라고 여기고 있던 이곳이 단칼에 잘려나가는 과정에서 생긴 그리움이나 분노는 상처, 아니 물집에 가깝다. 터뜨려도 다시 생기는 그 수포는 자라고 터진다. 오래도록 아물지 않는다. 개발이나 자본의 논리가 없애버린 내 자잘한 추억들이 아쉽다.

'영도 대평동의 깡깡이 예술마을'에 대한 글을 청탁받았을 때 나는 아무것도 모른 채로 흔쾌히 응했다. 마을에 관한 자료를 찾아 읽으면서 내가 자랐던 그 동네가 생각났다. 특히 이 마을 주민들 간의 돈독한 유대감이 내 유년시절을 떠올리게 했다. 동시에 상상으로 끝나버린 마을지도 만들기 사업계획서가 떠올랐다. 그래서 이 원고를 쓰는 일이 좀 두려워졌다. 도시재생사업의 일환으로 정비된 벽화마을, 문화마을 등의 장소에 대한 여러 잡음들 때문이었다. 관광객으로 인해 주민의 일상이 흔들리고 투자가치가 생겨나자 몰려드는 자본가들에 의해 원주민이 내쫓기는 이야기들. 이 예술마을을 알리는 일이 결과적으로 그런 잡음을 두둔하는 이야기가 되지는 않을까, 염려스러웠다. 왜 청탁을 받았던가, 후회했다.

하지만 쇠락해가는 한 마을에 활기를 불어넣는 일을 마냥 나쁘다고 할 수는 없는 일 아닌가. 깡깡이예술마을이 현재 거주하는 주민들에게 어떤 의미의 공간이 될지 궁금했다. 나는 일단 깡깡이 마을을 찾아가 보기로 했다.

그림자 섬의 그림자를 찾아라

영도에는 신라시대부터 조선 중기까지 나라에서 경영하는 국마장이 있었다. 이 말들이 어찌나 빨랐는지 말이 한 번 달리면 그림자마저 끊어놓아서 물에 그림자가 비칠 새도 없었다고 한다. 그래서 끊을 절(絶) 그림자 영(影)을 써서 절영도라 불렀다.

그림자가 보이지 않을 만큼 빨리 달리는 말들을 키우던 곳. 견훤이 왕건에게 그런 말을 선물했다가 후백제가 망한다는 얘기를 듣고 되돌려 받았다는 기록이 남아있을 정도의 명마의 산지. 그런데 그런 말들을 잡아먹기 위해 뭍의 호랑이들이 바다를 헤엄쳐 건넌다. 사람들 눈에 띄지 않게 꾀를 내어 해초를 머리에 이고 헤엄을 치지만 조류를 따라 흐르는 해초더미와는 무언가 다를 수밖에 없다. 그걸 눈여겨보고 있던 포수들이 활을 쏜다. 그렇게 잡은 호랑이 고기를 부산사람들은 자주 먹었다. 영도에 대한 전설 중의 하나다.

－조갑상, 『이야기를 걷다』, 산지니, 2006, 157쪽.

호랑이는 고양이과 포유류 중 드물게 헤엄치기를 좋아한다. 범내골, 범일동에 자주 출몰하던 호랑이가 말을 잡아먹기 위해 해초를 머리에 뒤집어쓰고 바다를 건넜다니 상상만 해도 재미있는 장면이다. 현재 수정동 산복도로에 사는 내가 영도의 바다를 건너가는 이 길이 그 시절의 호랑이가 지났을 길이라는 생각이 든다. 그렇다면 나는 오늘 호랑이가 되겠다. 호랑이가 되어, 무언가가 끊어놓고 간 그림자를 내가 찾아보겠다. 아마 오늘은 그림자 섬이 놓친 그림자를 찾는 하루가 될 것이다.

영도대교를 건넌 버스는 '영도경찰서' 정류장에 정차했다. 내가 가고자하는 깡깡이 마을은 이 영도경찰서 뒤쪽 대평동 1, 2가 영도대교 일원을 가리킨다. 영도경찰서 벽에 영도의 역사를 알리는 사진자료가 전시되어 있다. 깡깡이예술마을 사업단의 사람과 만나기로 한 시간보다 훨씬 이르게 도착했다. 우선 동네를 한 바퀴 둘러보기로 한다. 경찰서 옆 골목으로 조금 들어가니 아주 낯선 풍경이 나온다.

물양장(소형 선박이 접안하는 부두)위로 여러 대의 배가 떠있고 물양장을 따라 난 길 위에는 거대한 쇠사슬 뭉치가 군데군데 놓여있다. 어린 시절 놀이터의 녹슨 철봉을 만지고 난 후에 손에서 나던 쇠 냄새가 도처에서 난다. 여러 가지 소음과 매캐한 기름, 매연 냄새가 공중을 떠다닌다.

> 대평동과 남항동 해변은 철 냄새가 난다. 조선소가 아니라 조선철공소라는 간판을 달았으니 중소형 선박을 수리하는 곳들이다. 전기, 냉동, 엔진, 스크류, 페인트 상가들이 골목을 잇고 있다. 여기저기 공장에서 용접불꽃이 파랗게 일며 길바닥은 쇠똥이 씻기지 않아 불그레하다. 샐비지라고 불리는, 바다에 가라앉은 배의 쇳덩이를 절단기나 폭약을 써서 건져 올리는 일을 하는 회사도 있다.
> -조갑상, 『이야기를 건다』, 산지니, 2006, 160쪽.

기장 대변항 같은 어촌마을을 생각하고 들어온 나는 옳게 찾아온 것인지 고민이 되기 시작한다. 길 한쪽에서 그물을 손질하는 아주머니께 깡깡이마을이 어디냐고 묻는다. 아주머니의 얼굴 위로 당혹감과 웃음이 슬쩍 비친다. "이 (물양장)길을 따라 쭈욱 들어가몬…." 하고 말을 흐린다. 감사하다 인사하고 물양장을 따라 걸었다. 뒤에 알았지만 이 물양장을 포함해 영도에서 버선모양으로 비죽이 튀어나온 곳 모두가 대평동 깡깡이마을이었다. 깡깡이마을에 들어와서 깡깡이마을이 어디냐고 물으니 얼마나 우스웠겠는가.

대평동(大平洞)은 3면이 육지에 둘러싸여 있어 풍랑을 만난 어선들이 이곳으로 들어와 바람을 피하던 포구라 하여 '대풍포(待風浦)'라 불렸다. 이곳은 대개 이방인의 공간이었다. 임진왜란 때에는 끌려갔던 조선인들이 되돌아와 임시로 지낸 마을이었다. 한국 최초의 왜관이자 임시 왜관이었던 절영도 왜관이 있던 자리기도 하다. 일제 강점기에는 가장 먼저 강제적 근대화가 이루어진 마을이었고 수탈 때문에 밀려난 사람들이 몰렸던 마을이다. 해방과 한국전쟁 때도 갈 곳 없는 사람들이 전국팔도에서 들어왔다. 그뿐인가. 산업화시대에는 원양어선을 타거나 기타 바다 일 등 일자리를 구하기 위해 제주, 전라의 바다 사람들이 찾아왔고 현재는 세계화되는 시대에 걸맞게 외국선박 선원 같은 이주노동자들이 모여드는 마을이기도 하다. 삶의 거친 풍랑을 만난 사람들이 변방으로 쫓기듯 찾아왔지만 큰 평안함(大平)으로 모두를 보듬은 마을이 대평동인 것이다. 외세, 전쟁, 자본의 속도가 끊어버린 변방의 그림자들은 이곳으로 모인다.

깡깡이 예술마을 사업단의 송교성 사무국장을 기다리는

데 맞은편 공중전화기에서 한 러시아인이 통화를 하고 있었다. 대낮인데도 그는 술에 취한 것처럼 보였다. 막걸리 통이 담긴 검은 비닐을 전화기 옆에 두고 맨손으로 코를 풀어가며 격앙된 목소리로 화를 내고 있었다. 송교성 국장은 그가 아마 외국선박이 이곳에서 수리되는 동안 잠시 머무는 선원일 것이라고 했다.

근대수리조선 1번지, 깡깡이 마을

송 국장이 내민 명함에는 '근대수리조선 1번지, 대평동'이라고 적혀있다. 그는 마을에 대한 설명을 '대풍포 매축비' 앞에서 시작하자고 한다. 동네 어귀에 있는 매축비에는 이렇게 적혀있다.

이 지역은 1926년까지는 포구였으며 일본인이 매축권을 얻어 현 조선공사와 영도대교사이의 입구를 포함한 대평동 남항동 일대의 포구를 메워 시가지를 만든 곳이다. 매축면적 132660평방미터 매축 기간 1916년부터 1926년

1876년에 부산항이 개항되고 일제강점기를 거치면서 이곳은 큰 변화를 겪었다. 땅이 매립되고 근대식 건축물이 들어서고 한국최초의 근대식조선소인 다나카조선소가 들어섰

다. 근처에 있는 대평초등학교 교정에는 '한국 근대조선 발상 유적지'라는 기념비가 있다고 한다. 수리조선소, 선박 관련 업체들이 대거 유입되면서 이곳은 조선 산업의 메카로 불렸다. 일제의 강제된 힘으로 만들어진 동네지만 "대평동에서는 못 고치는 배가 없다." "깡깡이마을에 (배 부품이) 없으면 어디에도 없다"는 말은 이곳의 존재를 증명하는 말로 널리 회자되곤 한다. 대평동은 세계적으로도 유명한 수리조선 1번지인 것이다.

송 국장은 대동대교맨션방향을 가리키며 저기도 원래는 바다였는데 매립된 공간이라고 한다. 대동대교맨션은 한국 최초의 유일한 주'공'복합아파트이다. 이곳의 1층에는 배 수리공장과 배 부품 가게들이 들어차 있다. 간판마다 '밸브, 터-빈, 냉동, 상사, 마린, 철재' 등 도무지 뭘 하는 곳인지 이해 못할 단어들이 적혀있다.

해방 이후 주춤하던 이 동네의 경제는 1970년-80년대에 큰 호황을 이뤘다. 원양어업 때문이었다. 대평동 성주철재 이영완 사장의 말에 따르면 "1970년대 마을에는 하루에도 4백 척의 배가 꼬리를 물고 드나들었으며, '선원모집센터' 앞은 문전성시를 이뤘다. 부두에서는 어부들이 돈 대신 참치를 끌고와 밥값, 술값을 계산했으며, 집집마다 냉장고에 'ㅇㅇ수산

캔 통조림'이 넘쳐났고, 선술집인 니나노집이 길목마다 하나씩 들어섰으며 다방만 30군데에 달하는 파시(波市)를 이뤘다. 이때 대평동은 '개도 만 원짜리를 물고 다닐 정도'였다고 회자될 만큼 경기가 좋았다."고 한다. 산업계의 호황은 대평동의 조선업계에도 큰 변화와 발전을 가져다주었다. 1972년 1만 8천 톤급 선박 건조를 시작으로 본격적인 선박 건조가 시작됐고, 1980년대에는 국산 엔진을 제작해 수출에 나섰다. 당시 2백여 개소의 철공소, 선구점, 전기업체, 부품상이 들어선 대평동은 '한국 최고의 선박수리기술'을 자랑하는 지역으로 성장했다. "한창 때는 배가 바다 위에 줄을 서서 수리를 기다렸답니다. 그때 대평동이 부산에서 세금을 가장 많이 낸 곳이었답니다." 는 송 국장의 말만으로도 그 시절의 태평성대를 추측할 수 있었다.

그렇다면 왜 깡깡이 마을로 불리는가. "수리조선소에 배가 들어오면 일단 배에 붙은 녹과 조개류를 떼어내야 합니다. 배를 새로 칠하려는 이유도 있지만 그것들이 배의 속도를 저하시키거든요. 그걸 망치로 쳐서 떼는데 그 소리가 '깡깡' 난다고 해서 만들어진 이름입니다. 이 깡깡이 소리가 많이 나면 날수록 수리조선소에 일이 많이 있다는 뜻이겠지요. 이 일이 허드렛일에 속합니다. 그래서 주로 여자들이 하는 일이 됐습니다." 이 대평동에서 깡깡이일을 하는 여자에 대한 묘사가 천운영의 소설에 등장한다.

> 어머니는 망치를 들고 선박의 녹 떼어 내는 일을 하지만 아직까지 싱싱하고 부드러운 손을 갖고 있다. 그건 어머니가 녹을 이해하고 있기 때문이다. 녹을 이해하는 것은 얼음을 이해하는 것과 같다고 어머니는 말하곤 했다.
> -천운영, 「눈보라콘」, 『2002년 이상문학상 수상작품집』,
> 문학사상사, 2002, 257쪽.

소설에서는 이 깡깡이일이 낭만적으로 묘사됐지만 실상은 그렇지 않다. "여자들이 하는 허드렛일이라고 해서 쉬운 일은 아닙니다. 상당히 고된 일입니다. 높은 배에 아시바(비계)를 타고 매달려 앉아서 아슬아슬하게 작업해야 하는데 참 위험합니다. 그리고 그때 생기는 소음, 진동, 먼지 때문에 몸이 많이 상하거든요. 낙상사고, 이명, 환청, 관절염. 직업병으로 생기는 질병 종류도 다양합니다. 그래서 한때 깡깡이질 했던 어르신들 뵈면 귀가 거의 들리지 않는 분이 많으십니다."

이 깡깡이일을 하던 '깡깡이 아지매'들은 실향민, 혹은 피난민이거나 남편 없이 가정을 이끌어야했던 가난한 집 여성들이 대부분이었다. 1939년생 허재혜 어르신은 1975년부터 38년동안이나 깡깡이 일을 했다.

강원도에 살았는데 애들 아빠가 일찍 죽고, 여자 혼자 애 셋을 키우려니 막막했어요. 그때 사돈이 여기 동네 반장이었는데 오라고 하더라고. 강원도에서만 11년 살다가 대평동으로 왔죠. 찬밥 더운밥 가릴 상황이 아니었으니까. (힘든 일을 38년간이나 할 수 있었던 힘은 어디서 나왔냐는 질문에) 내가 벌어야 가족들이 먹고 살고 아이들 공부도 시킬 수 있었으니까요. 우리 막내딸이 초등학교 때 적은 일기를 보고 많이 울었던 게 아직도 기억이 납니다. 착한 우리 아이들을 보며 더 힘을 냈습니다. 깡깡이 일을 했던 사람들은 자식들 먹여 살린다고 정말 다 고생했습니다. 우리 아들이 "아이고 엄마 깡깡이 징그럽도 안 하요?" 라고 하면 저는 이렇게 말합니다. "깡깡이가 왜 징그럽노. 우리 생명을 이어준건데, 왜 징그로와, 고맙지."

-허재혜 어르신, 「인물 인터뷰」, 마을신문 『만사대평』, 2016년 10월호, 3쪽.

한창때는 200명 정도였지만 지금은 지게차와 그라인더 기계 등의 등장으로 그 수가 많이 줄었다. 하지만 배 아래에 기계로도 할 수 없는 부분은 아직 깡깡이 아지매의 손길이 필요하다고. "'깡깡이예술마을'이라는 이름을 붙일 때 깡깡이란 이름이 싫다고 하신 어르신도 계셨습니다. 자신의 생애에 있어서 애환의 단어 아니겠습니까. 하지만 이 단어가 이 마을의 고유한 역사와 주민들의 삶의 흔적을 모두 품는 이름이다, 그런 생각이 듭니다."

일당 600원을 받기위해 망치를 쥔 여자를 상상한다. 나무 아시바에 온 몸을 내맡긴 채 앉아있다. 오전 8시부터 5시까지, 점심 먹는 시간을 제외하고는 쉬는 시간이란 고작 10분씩 두어 번. 밤11시까지 잔업 하던 날들도 많았다. 허공에 떠 있으므로 아래로 떨어질지 모른다는 공포와 가난하므로 자식들의 입에 들어갈 양식이 곧 떨어질지 모른다는 공포는 자신의 그림자 모양으로 배 위에 녹처럼 새겨졌겠지. 여자의 그림자 크기는 얼마나 컸을까. 그 그림자를 떨쳐내기 위해 여자는 자신의 몸무게가 지닌 힘만큼 배를 때렸을 것이다. 자신이 떨어지지 않기 위해 그림자를, 녹을 떨어뜨리던 그 여자. 하지만 배를 때리는 일은 곧 자신의 몸을 동시에 타격하는 일이기도 했다. 자신의 망치질은 진동으로, 소음으로, 출렁임으로 자기 자신에게 되돌아오는 일이었으므로.

그림자를 들여다보는 일-깡깡이예술마을

부산광역시가 제2의 감천문화마을을 목표로 예술상상마을 사업 공모를 추진했다. 거기서 2015년 8월에 깡깡이예술마을 사업이 선정됐다. 2017년 말까지 35억원 시비를 들여서 진행된다. 사업단은 대평동 마을회, 영도구청, 영도문화원, 플랜비문화예술협동조합이 협업해서 꾸렸다.

앞서 본 것처럼 대평동은 부산 근대사를 일군 대표적 현장이었다. 하지만 조선수리시설들이 다른 곳으로 이전하면서 쇠락해가고 있다. 낡은 공업지역으로 공·폐가가 많고, 편의점이나 약국, 제대로 된 쉼터조차 없다. 하지만 물양장, 주공복합아파트를 비롯한 공업사들, 아직도 운영되는 수리조선소 등의 공간이 부산의 특색을 여실히 보여준다. 이런 지역을 문화예술과 접목하여 도시재생의 새로운 모습을 만들고 지역의 명소로 만들어 마을의 활기를 되찾는 것이 이 예술마을사업의 기본계획이다. 재생사업과 문화예술을 접목하는 이유에 대해 송교성 사무국장은 계간지 『걷고싶은도시』에 이렇게 설명했다.

> (재생사업에 문화예술을 접목하는 시도는) 미래의 세대에게 삶의 터전으로 도시가 지닌 역사와 정체성을 생생하게 확인할 수 있게끔 한다. 또한 공장, 학교, 문화예술 시설 따위로 구분하고 구획 지었던 도시의 경계를 허물고, 언제 어디서든 문화예술을 접하게 함으로써 일상적인 삶의 질을 한층 더 끌어올릴 수 있다. (…) 그동안 없애고 새로 만드는 행위들이 중심이 된 도시의 재개발에서 놓쳐왔던, 혹은 잃어버렸던 공동체의 복원을 기대할 수 있다.
>
>   - 송교성, 「깡깡이예술마을 사업을 소개합니다」,
>   『걷고싶은도시』, 2016년 겨울호

> (…)예술적 접근은 주민들이 편안하게 접근할 수 있다. 복잡하고 날카로운 이해관계가 아닌 새롭고 재미있는 예술과 문화 프로그램으

로 주민들에게 쉽게 다가갈 수 있기 때문이다. 또한, 예술적 접근은 주민들끼리 연대심을 높인다. 대부분 재개발 사업장에서 나타나는 주민들 간의 갈등과는 달리, 예술적 접근은 주민들의 화합과 결속을 낳는다. 이른바 문화를 통한 신뢰라는 사회적 자본(social capital)의 창출이다. 그리고 예술적 접근은 주민들이 구경꾼이 아니라 주체로 만든다. 한때는 어려운 예술 작품이나 행위로 주민들을 주눅이 들게 한 적이 있다.

그러나 최근 공공예술은 주민들이 작가들의 도움을 받아 예술 활동의 중심이 된다.
-김형균, 「파리 104와 부산 깡깡이마을」, 『국제신문』, 2016.09.24.

송 국장이 빠르게 걷다 문득 멈춘다. "여기가 원래 도선장이 있던 자립니다. 예전에는 배를 타고 자갈치를 오갔다고 합니다. 통통배에 대한 추억이 있는 부산 사람이 많거든요. 이 끊어진 뱃길, 영도도선을 복원해서 관광 상품화시키면 마을 공동체 자립과 지속에 도움이 되지 않을까, 싶습니다. 현재 비정기적으로 배를 빌려서 여기 앞바다를 둘러보면서 역사적인 부분에 대한 설명을 듣는 프로그램을 진행하고 있습니다."

고개를 들어보니 맞은편에 자갈치시장과 롯데백화점 광복점이 보인다. 용접소리와 망치소리가 나는 이곳에 서서 매끈한 건물들을 바라보고 있으니 이쪽이 아니라 저편이 섬인 것만 같다. 오후 2시, 마침 영도대교가 도개하는 시간이다. 매끈한 섬에서 거친 섬으로 배를 타고 건너는 경험도 꽤 좋을 것 같다. 현대에서 근대로 넘어오는 뱃길이 될 것이다.

바다에서 시선을 돌리니 공업사 건물에 그림이 그려져 있다. 기존의 북항 사업이 개발에 집중되었다면 이 예술마을 은 재생에 집중한다. 근대문화산업유산을 보존하고 문화예술 의 상상력을 불어넣는 작업이다. 낙후된 건물이라고 무조건 밀어버리고 새로 짓는 것이 아니라 예술가들이 소리, 빛, 색 채 등 다양한 매체와 요소를 활용한 예술작업을 통해 기존의 오래된 것들을 보존하면서 동시에 주민들에게 필요한 것들을 만들어내는 것이다. 이 그림들과 알록달록한 페인트칠 작업 이 그런 점을 강조하는 듯하다.

"이 동네가 전체적인 색감이 회색톤입니다. 어둡지요. 그 래서 벽화 등을 통해서 색감 넣는 작업을 진행했습니다. 깡깡 이 일을 마치고 나면 배 표면에 여러 가지 약품 처리를 하고 페인트칠을 합니다. 이 벽에 쓰인 색들이 배에 도색 작업할 때 주로 쓰이는 색감입니다. 처음에는 일하는데 방해된다고 싫 어하셨지만 막상 완성되니까 만족하시고 다른 건물에서도 해 달라는 요청이 들어옵니다."

그저 예쁜 그림만 넣으면 될 줄 알았는데 마을의 전체 분 위기와 조화를 이룰 색감까지 신경 쓸 줄은 몰랐다. 그뿐인

가. 외관상으로만 만족을 주는 것이 아니라 주민들에게 실질적으로 도움이 될 만한 공간을 만들고자 노력한다. 쌈지공원을 조성하고 밤이면 어두운 골목을 밝히기 위해 구름형상의 작품을 가로등으로 만들었다. 노인이 많은 동네임에도 불구하고 벤치가 전무한 상황을 고려해 여러 작가들이 독특한 디자인의 벤치도 만들었다. 햇볕 잘 드는 마을버스 정류장에 놓인 벤치에 어르신 두 분이 앉아 도란도란 대화를 나누는 모습이 보기만 해도 따뜻하다. 사업단이 주민과의 소통을 전면으로 내세웠다는 것이 한 눈에 보이는 장면이다.

    사업단은 작년 8월부터 매주 수요일마다 문화사랑방을 열었다. 경로당에 주민들이 모여 음식을 나눠먹고 음악을 듣고 마을에 대한 이야기를 함께 나누는 것이다. 마을의 어르신을 모시고 마을에서 직접 살아온 이야기를 들으며 지금의 대평동을 있게 한 선인들의 노력을 새삼 알게 되는 자리를 가지거나 여러 분야의 전문가들을 통해 강연을 들으며 새삼 이웃의 정을 확인했다고 한다. 작년 9월에는 공공예술페스티벌 성격의 〈제 1회 물양장살롱-깡깡이 길놀이〉를 통해 지신밟기 공연과 마을 거리투어, 먹거리 나눔 행사를 열었다고 한다. 무슨 일이든 가장 기본적인 일이 '소통'이라는 것을 이 사업단은 알고 있는 듯 했다. 『걷고싶은도시』가 지난해 겨울호에서 특집으로 영도를 집중 조명한 이유 중의 하나 역시 이런 점이었다.

> …이런 와중에 영도는 무언가 다른 점이 보였습니다. 공무원, 전문가, 토착기업, 주민 등 지역 주체들이 똘똘 뭉쳐 있었습니다. 오래된 지역 자산을 되살려 새로운 미래를 그렸고, 그 성과가 지역에 남도록 일찍부터 지역 자산화 전략을 준비하고 있었습니다. 이제 갓 도시재생 계획을 세운 영도에서 이 모든 것은 아직 가능성일 뿐입니다. 하지만 저희 편집위원들은 직접 영도를 답사하며 그 가능성에 많은 기대와 믿음을 갖게 되었습니다.
> —안현찬 편집위원장, 「한해를 마감하며」, 『걷고싶은도시』,
>
> 2016년 겨울호.

정만영 작가가 쓰는 작업실 옥상에 올라 다나카조선소를 비롯한 물양장을 조망했다. 거대한 배들이 뭍으로 올라 수리되고 있는 모습이 웅장했다. 이런 작업실은 얼마나 하나요, 라고 물었더니 예상보다 꽤 비싼 비용이 들려온다. 이곳이 공업지역이라 낙후된 공간치고는 비싼 편이란다. "그래서 젠트리피케이션 현상에 대한 염려가 적습니다."

오래된 창고와 비늘집으로 불리는 적산가옥 등 역사적으로 가치 있는 근대 건축물들을 둘러본 후 사업단이 사무실로 쓰는 마을회관을 찾아갔다. 찾아가는 길에 송 국장이 오래되고 작은 건물들을 보여주며 이곳에 마을박물관이 들어설 것이라고 알려줬다. 건물의 형태를 최대한 보존해서 쓸 것이라 했다. 예술마을 사업에는 대평동 일대의 유무형의 근대문화유산과 생활문화를 수집, 기록해서 전시하는 프로젝트가 있다. 그것은 단행본으로 출간(『깡깡이 예술마을 생활문화조사 보고서』로 올해 만들어졌는데 지역민의 인터뷰와 역사, 구체적인 생활상 등이 자세히 설명돼있다)하는 작업과 문화유산을 전시하는 작업으로 나눌 수가 있는데 이 박물관 자리를 마을의 역사를 알려주는 전시공간으로 사용할 계획이라 했다.

과거 마을 사람들이 일구어낸 유무형의 문화유산을 마을 외부인이 발견해서 의미와 가치를 담아 보존 유산으로 가꾸고, 현재 마을 외부인인 예술가들이 마을 주민과 소통을 통해 협업하며 예술작품을 만든다. 이것은 마을 스스로가 자신을 들여다보는 일과 같을 것이다. 자신의 외부만 치장하는 것이 아니라, 자신이 성장하면서 만들어낸 자신의 그림자까지 들여다보는 일이 되는 것이다.

이 과정에 감응한 누군가가 이곳을 발견하게 될 것이다. 그것에 감응한 더욱 바깥의 사람이 또 재발견한다. 이 과정이 반복되면 쇠락해가던 마을이 지금까지와 다른 방식의 활기를 찾게 될 것이다.

어쩌면 이것은 우리의 그림자

사무실에 들어서자 송 국장이 마을신문을 보여줬다.

"여기가 세금 많이 낸 동네였지만 초등학교에서 최신식 급식시설을 도입했던 앞서가는 동네였습니다. 근데 그것보다도 더 멋진 것은 다른 어떤 마을도 따라오지 못할 정도로 주민들 사이가 돈독하고 좋았다는 점입니다. 마을 주민회 결속이 정말 잘 되어 있습니다. 자주 만나 음식을 나누는 것뿐만 아니라 자체적으로 '동민의 상'이라는 것을 만들어 수여하고 매년 동민체육대회를 열어서 친목과 우애를 다졌습니다. 심지어 1990년대에는 자비를 들여 매달 마을신문을 발행했다고 합니다. 이 사업을 진행하면서 마을 분들에게 필요한 것이 무엇일까 고민하고 있었는데 마을신문이 다시 생겨났으면 좋겠다는 이야기를 들었습니다."

월간으로 발행되는 신문에는 깡깡이예술마을에 관련해 진행된 사업이나 정보, 마을의 맛집, 마을 주민 인터뷰 등이 실려 있었다. 외부의 필진뿐만 아니라 마을 주민이 직접 신문의 발행과 편집에 참여한다. 주민들 대다수가 마을 구성원으로서의 자부심이 굉장하다는 느낌을 줬다. 이렇게 단결력 있는 마을이라면 다른 알력 싸움 때문에 쉽게 무너질 수는 없겠다는 믿음이 들었다. 물론 다른 도시 사업보다는 시간이 더욱 걸릴 지도 모르겠다. 참여인들의 전체 의견 조율 과정에서 협의점을 도출하는 일이 만만치 않겠다는 생각도 들었다. 하지만 몇 년 더 공을 들인다면 내·외부 양면으로 꽤 단단한 마을 공동체를 볼 수 있을 것 같았다.

그리고 '이곳이라면 아이들과 마을지도만들기 수업이 가능할 수도 있겠구나.' 그런 생각이 들었다.

'개발, 성장, 투자, 성과'가 중요했던 도시에서는 내가 하고자 했던 '마을지도만들기'가 불가능했다. 도심의 아파트에 사는 초등학생 아이들에게 근현대사 과정에서 생겨난 그림자들, 어두운 것들, 낡은 것들은 이미 개발이란 명목하게 치워지고 지워진 존재들이었다. 마을을 돌며 아이들은 새로운 공사현장만 조사하게 되는, '단절'만 반복해서 발견하는 행위를 하게 될 터였다.

하지만 이 마을처럼 스스로의 그림자를 들여다보고 보존해서 지난날을 돌이켜보고 현재를 충실히 살아가며 새로운 미래의 모습을 직접 만들어가는 작업을 하면 그곳에서 크는 아이들 또한 지역이나 변방, 역사에 기록되지 못한 자잘한 스스로의 이야기에 위축되지 않고 오히려 자랑스러워할지도 모른다.

황정은의 소설 『백의 그림자』에는 그림자가 일어선 사람들이 나온다. 낙후되어 곧 철거에 이르는 상가를 터전삼아 살아가는 사람들이 하나씩 소개되는데 그 사람들은 대개 그림자가 일어선 사람들이다. 개발해야하는 사회 시스템은 비정하고 폭력적이지만 그 속도를 따르기 힘든, 따르기 싫은 이 사람들은 성실하고 선량하다. 어느 날 문득 그들의 그림자가 일어서서 어디론가 간다. 사람들은 '맹'해져서 그림자에 이끌려 따라갔다 도망치듯 현실로 돌아온다. 이들은 서로가 그림자에 사로잡히지 않도록 더욱 보듬고 연대하는 삶을 산다.

평소에 보잘 것 없다 여긴 당신의 그림자가 일어선다면 당신은 그것을 들여다보게 될 것이다. 그런 점에서 영도 대평동의 깡깡이예술마을은 한국의 근현대사가 만든 그림자에 가깝다는 생각이 문득 들었다. 역사를 이끌어가는 큰 힘이나 권력을 가진 이가 아니라 그림자쯤으로 여겨졌던 변방의 사람들이 모여서 만든 소소하지만 위대한 역사들이 이곳에 있다. 예술마을사업을 통해 주민들은 스스로 그림자가 되어 일어서거나 옆의 그림자들을 일으켜 세운다. 그리고 사람들에게, 우리들에게 이곳을 보여준다.

도개교 너머의 매끈한 세계에 있던 우리는 곧 '맹'하게 그들을 따라 바다를 건너 올 것이다. 그러다 문득 알게 될 것이다. 거대한 역사의 물결 속에서도 굳건히 살아남은 자잘한 역사의 잔물결이 여기 새겨져 있음을. 그리고 체험할 것이다. 그곳의 이야기가 내 속의 이야기와 만나 새로운 이야기가 만들어 지는 것을. 문화예술이 보여주는 이 풍성하고 다채로운 경험을 통해 우리는 발견할 것이다. 시간과 공간에 가치와 의미를 부여하기 위한 나의 기준이 조금은 변했음을. 어쩌면 이것은 그들의 그림자가 아니라 우리 모두의 그림자라는 것을.

　　사업단 사람들과 헤어지는 인사를 나누고 물양장을 되돌아나가다가 문득 바닥을 내려 봤다. 시뻘건 쇠똥이 가득한 바닥 위로 가늘지만 또렷한 내 그림자가 일어섰다.

산타가 쉬는 집

© 2018, 이정임

지은이	이정임
초판 1쇄 발행	2018년 12월 25일
펴낸곳	호밀밭
펴낸이	장현정
편집	박정오
디자인·일러스트	최효선
마케팅	최문섭
등록	2008년 11월 12일(제338-2008-6호)
주소	부산 수영구 광안해변로 294번길 24 지하1층 생각하는 바다
전화	070-7701-4675
팩스	0505-510-4675

Published in Korea by Homilbat Publishing Co, Busan.

Registration No. 338-2008-6.

First press export edition December, 2018.

Author Lee Jung Im

ISBN 978-89-98937-96-6   03810

※ 부산광역시 부산문화재단 한국문화예술위원회
   BUSAN METROPOLITAN CITY BUSAN CULTURAL FOUNDATION Arts Council Korea

   본 도서는 2018년 부산광역시, 부산문화재단 지역문화예술특성화지원사업으로
   지원을 받았습니다.

이 도서의 국립중앙도서관 출판예정도서목록(CIP)은 서지정보유통지원시스
템 홈페이지(http://seoji. nl. go. kr)와 국가자료공동목록시스템(http://www.
nl. go. kr/kolisnet)에서 이용하실 수 있습니다. (CIP제어번호: CIP2018040493)

홈페이지 www.homilbooks.com
전자우편 homilbooks@naver.com
트위터 @homilboy
페이스북 @homilbooks
블로그 http://blog.naver.com/homilbooks